彼得·施雷米爾的奇幻之旅

出 賣 影 子 的 男 人

PETER SCHLEMIHLS WUNDERSAME GESCHICHTE

Adelbert von Chamisso
阿德爾伯特·馮·夏米索——著 曾鏡穎——譯

CONTENTS

「所羅門王的開鎖根」、「飛行茄蔘根」、「錢滾錢」、「迴力銀幣」、「羅蘭騎士隨扈的吃飽飽桌布」，以及一個「小惡魔許願罐」——任君選擇。就您這張高貴珍稀的影子來說，我認為無論付出多大的代價都值得。

CHAPTER 2
失去影子的代價——049
人群中，有位女孩無意間注意到我竟然沒有影子，驚得愣住，隨即慌張地拉下面紗遮住那張美麗的臉，低頭快步離去，彷彿恨不得離我越遠越好。

CHAPTER 3
月光下的祕密——063
就在那一刻，月亮忽然撥開雲霧，從我們身後探出頭來。她立刻注意到，前方的地面上，只有一張影子——她自己的影子。

CONTENTS

CHAPTER 4

短暫的解脫——075

憑藉著「無限錢袋」的魔力，我成了眾人心目中最富有、最高貴的國王。然而，當午夜鐘聲的最後一響在空中迴盪，我的心再度被深深的空虛與不安吞噬……

CHAPTER 5

終究是個「缺影之人」——099

他取出「我的影子」，熟練地將它攤開在石楠荒原上，輕輕放在腳邊，向我展示「我的影子」如何順從他的指揮，勉強而吃力地模仿著他的一舉一動。

CHAPTER 6
灰衣人的糾纏 —— 117
他帶著撒旦般的微笑凝視著我，隨即拉過隱身斗篷，將我和他一起籠罩其中。這可怕的魔鬼貼著我的耳畔低聲說道：「您終究還是接受了我的邀請……」

CHAPTER 7
離開溫泉小城 —— 133
我縱身跨上馬鞍，隨著夜色離開了埋藏傷心的小城鎮。此刻，無論馬兒帶我去哪裡，我都不在意，在這世上，我已沒有了目標、夢想和希望。

CONTENTS

CHAPTER 8
金幣的鈴聲——143
只需輕輕搖動「無限錢袋」，讓那永不枯竭的金幣發出清脆的鏗鏘聲，便能在世界的任何角落召喚我。即使蠹蟲吞噬了您的影子，我們之間的連結，藉由這個錢袋，將永不斷裂。

CHAPTER 9
施雷米爾的救贖——159
我走近一棵樹想看個仔細，但是一抬腳，景象便瞬間改變。我穿梭於草原與沙漠之間，壯麗的大自然在我驚異的目光中交替出現。

CHAPTER 10
天使的微笑——169
昔日的罪過使我被人類文明排斥，而如今有了新的指引。我跪倒在地，熱淚盈眶——未來的道路驟然在眼前展開，帶領我進入新的世界。

CHAPTER 11
遠勝過黃金的擁抱——179
親愛的朋友，只要你仍無法脫離人類文明，首先應學會珍惜自己的影子，再去考慮如何累積財富。然而，若你想為更好的自己而活，那就不需要任何忠告了！

CONTENTS

寫給我的老朋友彼得·施雷米爾

事隔多年，我拿出你的手稿，
重新翻開你的大作，依舊令人耳目一新！
想起那段相知相惜的日子，
那時我們仍在懵懵懂懂的時期。
現下的我，已經白髮蒼蒼，
不會在乎世人的想法，
我要大聲地向世人宣告，

你一直都是我最好的朋友，一直都是。

我不幸又倒楣的朋友，
巧言令色之人引誘我的時候，
不如戲弄你那般奸詐狡猾；
我也曾經力爭上游並胸懷大志，
到頭來，卻只是一場空；
還好，灰衣人怎麼樣也無法吹噓，
說他曾經牢牢抓住過我的影子；
與生俱來的影子依舊為我所有，
我從未失去過自己的影子。

他們對你赤裸裸地冷嘲熱諷，
讓天性有如稚子般天真無邪的我，
目瞪口呆。
莫非我倆如此相似？
他們跟在我的身後大喊：
「施雷米爾，你的影子在哪裡？」
當我拿出影子，
他們卻假裝什麼都沒看見，
甚至還嘻嘻哈哈笑個不停。
除了忍耐忽視、保持善良，
告誡自己不可粗鄙無禮，
又能如何？

許多人常常問我，
影子代表的究竟是什麼？
竟讓人們瘋狂的崇拜與追捧，
這殘酷的世界為何如此肯定影子的必要？
在人世間度過了一萬九千個日子[1]，
多少也長了些智慧；
我們曾把影子與本心混為一談，
如今本心將隨同影子消逝於世。

施雷米爾，讓我們互相扶持，
讓我們邁步向前，把一切留給過去；
我們不必試著改變世界，

只要多多珍惜與家人、朋友相處的時間足矣。
我們的生命已慢慢走向終點，
任憑世人訕笑，由著他人責罵，
駛過種種風暴，
只願有朝一日，開進港灣停泊，
心無掛礙地酣然入睡。

柏林，一八三四年八月
阿德爾伯特·馮·夏米索

1. 譯註：夏米索寫這個詩序時，正值五十三歲，大約就是一萬九千天。

夏米索寫給尤利烏斯・愛德華・希齊希[1]的信函

你對人向來過目不忘，想必也還記得彼得・施雷米爾[2]吧？幾年前，你曾經在我這裡見過他，他有點笨拙、腳很長，是個在人群之中總顯得有些無所適從的高個子，性格有點溫吞，常常被人誤會有點懶惰。我很欣賞他，愛德華，想必你沒有忘記，我們年輕的時候，有一次參加一場以十四行詩[3]為主題的詩

1. 譯註：尤利烏斯・愛德華・希齊希（Julius Eduard Hitzig, 1780–1849），是一位猶太裔德國律師、出版商和作家，一八一四年出版了本書。

歌茶會。那次我帶著彼得這小子一塊參加，聚會還沒進行到朗讀的環節，他就在我振筆疾書時睡著了。現在我突然又想起一個與他有關的笑話，有一次，當你又看到他穿著那件老舊的黑色對襟及膝大衣（天曉得那是何時何地的事，不過那時他每天都穿著這件大衣），忍不住開了他的玩笑：「若是他的性格有那件大衣一半堅忍耐磨，他大概就是這個世界上最快樂的人了。」我知道，對你們來說他只是個毛頭小子，但是我就是覺得他有些特別。現在我想與你分享這本中篇小說，作者就是我那位已經多年未曾謀面的好友——施雷米爾。

愛德華——我最親近、最誠摯的朋友，我更好的自己——我與你之間向來沒有任何祕密，我只與你分享，當然我也將此書與我們共同的好友富凱[4]分享，但是我只告知了我的朋友，卻沒告知詩人[5]這本作品的誕生。你們將會發現，向你們傾訴這個祕密之後，我是如何忐忑難安，畢竟彼得．施雷米爾是如此信任我與他之間的友誼，而且他知道我是一個誠實正直的人，才選擇靠在我的懷裡懺悔；若是有一天他在詩歌文摘的書評裡，發現自己的故事受到強烈抨擊，彷若做了什麼天理不容的壞事，書評家紛紛以虛偽惡意的劣質玩笑，嚴辭嘲諷這篇作品根本不該存在，他該如何自處？當然，我自己也必須承認，若這個故事由某位文筆更好、以德語為母語的作家來創作，可能更顯得格格不入，只有

2. 譯註：彼得．施雷米爾（Peter Schlemihls），「Peter」源自古希臘語「Petrus」，字面意思是磐石或是岩石，常見的猶太人名字；「Schlemihl」源自猶太人的意第緒語（Yiddish，是一種源於中歐的語言），意思是很不順利的人，或是倒楣蛋。

3. 譯註：十四行詩，源於義大利民間的一種抒情短詩，文藝復興初期時盛行於整個歐洲，其結構十分嚴謹，分為上下兩部分，上段為八行，下段為六行，每行十個音節，整首詩的韻腳排列：abba、abba、cdecde（或cdccdc）。

4. 譯註：富凱（Friedrich Heinrich Karl de la Motte Fouqué, 1777–1843），為法國裔德國作家，最早的德國浪漫主義詩人，不僅為本書的總編輯，也與愛德華和作者夏米索為好朋友。

5. 編註：此指的是施雷米爾。

由一名筆耕不輟的外國作家，以德語透過荒誕詭異的情節抒發真誠的情感，才能感動讀者。若是這個故事讓尚．保羅[6]來寫會是怎樣的呢？親愛的朋友，這裡可能會提到一些仍然在世的人，這也是應該留意的。

最後，我想簡單敘述一下這幾份手稿落入我手中的經過。昨天早晨我剛起床，就被人告知方才有一位蓄著長長灰鬍鬚的古怪男子，穿著破破爛爛的黑色大衣，肩上背著植物收集筒，即使天空下著大雨，腳下的靴子外頭還套著一雙拖鞋，自稱是從柏林來的，詢問我是否住在這裡，請人將這部作品轉交給我，就離開了。

庫那思特府[7]，一八一三年九月二十七日

阿德爾伯特．馮．夏米索

P.S.隨信附上一張畫家利奧波德[8]畫的素描，當時他恰好站在窗前，就將那位令人過目難忘的男子畫下來，他發現我非常喜愛這幅素描，便大方地送給我當作禮物。

6. 譯註：尚・保羅（Jean Paul, 1763–1825），德國浪漫主義作家，以撰寫幽默諷刺的小說著稱。

7. 譯註：庫那思特府（Kunersdorf），作者夏米索撰寫本書時的居住地，位於柏林東方八十公里外的奧德河（Oder）東岸，離柏林不到一天馬車的路程。他那時受僱於此地的貴族，藉以遠離普魯士與法國開戰的衝擊。

8. 譯註：利奧波德（Franz Joseph Leopold, 1783–1832），德國肖像畫家和版畫家。

富凱寫給尤利烏斯・愛德華・希齊希的信函

親愛的愛德華：

光是為了讓那些忘了本心的眾生讀到施雷米爾的倒楣遭遇，便應該出版這本書。畢竟，想要說服世人，有些人只是虛有其表，幾乎是不可能的任務，但仍然值得一試，即使大多數的人比較習慣隨波逐流。更何況，像我這樣的普通人，怎麼有能力決定這本書的命運？有時候白紙黑字的流傳廣度，甚至比不上口耳相傳的傳奇故事。不過，人只要想太多就什麼事都做不成了。於是，我乾脆什麼都不管，矇著眼跳入恐懼的深淵，將這個故事付梓出版。

那麼，愛德華，為何我會這麼做呢？世人或許認為我的動機太嚴肅、太崇高了。但是，我相信這塊說著德語的土地、我們都深愛的地方，將會有許多人對施雷米爾的倒楣遭遇，深深感到同情與諒解。許多同樣被命運開了大玩笑的傷心人，以及那些受到施雷米爾影響的無辜之人，讀到施雷米爾的無可奈何後，想必不僅心中五味雜陳，臉上也將不由自主地露出會心一笑。而你，我的愛德華，只要拿起這本情感至誠的中篇小說，就會知道外頭有許多顆傷痕累累的心，將跟我們一樣喜愛它；你也能切身體會到，這本書猶如一滴芬芳的香草精油那般，療癒死亡帶給你的，以及帶給愛你之人，甚至所有人們的巨大傷痕。

最後，我想要強調：相關的豐富經驗讓我確信，每本印刷出來的書籍都有屬於它的守護天使，負責將書本帶到適合的讀者手中。雖然，有時候配對率不是百分之百，但是守護天使至少會替作者篩選掉某些可能與之磁場不合的讀者。不管如何，守護天使替每本至誠至信、以人為本的文學作品，都打造了一副隱形的鎖，並且以幾乎不會出錯的老練與能幹，知道何時該開鎖迎接目標讀者，何時該關起門謝絕不懷好意的刺探。

我最誠摯的好友施雷米爾，現在我把你的微笑和淚水託付給這位守護天使，願神庇佑！

嫩豪森[1]，一八一四年五月底

富凱

1. 譯註：嫩豪森（Nennhausen），富凱男爵的城堡莊園所在地。

希齊希寫給富凱的信函

如今我們已可看見，你在充滿懷疑下做出的決定，將原本僅僅限定我們閱讀的《波德．施雷米爾的奇幻之旅》付梓之後的結果：這本書現在已被翻譯到法國、英國、荷蘭、西班牙，連美國也翻印了英國版在北美發行。鑑於這本書的成功，我已向柏林文學圈的好友廣為宣傳：在我們熱愛的德國，即將推出一個新的版本，這次不只有文字，還附上英國著名漫畫家克魯克香克[1]據實繪製

1. 譯註：喬治．克魯克香克（George Cruikshank, 1792–1878），英國諷刺畫插畫家。

的插圖。毫無疑問，如此一來這本書想必會更受歡迎。不過我至今還沒原諒你的自作主張（因為你在一八一四年的時候，連一個字都沒有向我吐露有關出版手稿的事宜），你受到的懲罰似乎還不夠。即使是我們的共同好友夏米索，忙於一八一五到一八一八年揚帆周遊世界，但他在智利、堪察加半島時，還是找機會抱怨你的獨斷獨行，甚至他住在夏威夷歐胡大島的已故好友——塔梅阿邁阿[2]——也都聽過他的抱怨。因此，現在我仍要求你公開把這件事講清楚。

總之，這本書出版幕後的故事就是如此，過去的就讓它過去。更何況，你的堅持也不無道理，自從這本中篇小說問世以來，已有許多讀者在多災多難的十三個年頭當中，跟我們一起愛上它。我永遠不會忘記，我第一次向霍夫曼[3]朗讀時的情形，他完全按捺不住自己的喜悅和激動，緊緊盯著我一開一闔的雙唇，直到我唸完為止，並且迫不及待要求要結識作者。此外，霍夫曼平常雖然極為痛恨任何的抄襲模仿，卻還是忍受不了誘惑，以致在他《除夕夜的冒險》

那本中篇小說裡面，透過「在鏡中看不到倒影的伊拉斯姆斯．施匹克爾」的角色，以「失去影子」概念嘗試了一場相當不成功的改寫。當然，這個帶著童話色彩的歷險記，也在孩童之間大受歡迎。某個天色還沒太昏暗的冬天傍晚，我和一位剛講完這個故事給小孩聽的朋友，沿著城堡前的大街散步。有位聽完故事正在玩冰造溜滑梯的小孩，惡意嘲笑我朋友的外表，為了給這個頑童一個教訓，我朋友就抓住他，將他包在自己的熊皮大衣下，等到他學乖了住嘴安靜下來才放過他。當我們越走越遠，那名頑童表現得好像之前什麼事都沒發生過，朝著教訓他的大人大聲威嚇：「我們走著瞧，彼得．施雷米爾！」

2. 譯註：塔梅阿邁阿，指的是夏威夷國王卡美哈梅哈一世（Kamehameha I, 1758–1819）。
3. 譯註：霍夫曼（Ernst Theodor Wilhelm Hoffmann, 1776–1822），德國浪漫主義作家，擅長書寫諷刺小說。

總之，我相信那個性格純真、不合時宜的朋友，現在已換上了時髦整潔的服飾。而且，將會大受那些從未在一八一四年見過他穿著破舊黑大衣模樣的讀者歡迎。不管是舊讀者或是新讀者，要是知道那位從事植物研究、搭船環遊世界、昔日薪酬豐厚的普魯士大公國軍官，不僅撰寫了廣受歡迎的中篇小說《彼得．施雷米爾的奇幻之旅》，同時也是一位抒情詩人；而且，不管是用馬來語或立陶宛語寫詩吟唱，都對得起詩和遠方之地，一定會更加驚奇不已。

以上就是我在第二版發行前的一些想法，親愛的富凱，最後謹在此衷心感謝你自行決定發行第一版，並請你與所有喜歡文學的讀者，一同接受本人對此書第二版的真心祝福。

柏林，一八二七年一月

愛德華．希齊希

CHAPTER

1

影子的交易

「所羅門王的開鎖根」、

「飛行茄蔘根」、「錢滾錢 」、

「迴力銀幣 」、「羅蘭騎士隨扈的吃飽飽桌布」，

以及一個「小惡魔許願罐」──任君選擇。

就您這張高貴珍稀的影子來說，

我認為無論付出多大的代價都值得。

大船入港，船東與水手都很滿意這趟平安又幸運的航程，我則是對海上的顛簸克難嚴重適應不良，旅客紛紛從大船轉乘接駁小艇，終於踏上了平穩不會晃動的陸地。港口人來人往，吵雜不堪，上岸後我親身去提領自己那少得可憐的家當，穿過摩肩擦踵的人群，逃難似地走入最近一間掛著招牌的簡陋旅館，要了一間房。櫃台的員工上上下下打量了我一番，便領我進到了一間天花板傾斜、陰暗狹小的閣樓房內。他離開之前，我請他打了一桶清水上樓，並詳細詢問了鄉紳湯瑪斯·約翰[1]的住所。他答道：「你走到北邊的城門外，右手邊第一棟的鄉間別墅就是了。那是一棟又大又新、有許多大柱子、外觀鑲嵌紅白大理石的建築。」

很好，目前一切都按計畫進行，不過時間還有點早，我乾脆從頭到腳盥洗一番，打開行李拿出剛剛翻新過的黑色對襟長外套[2]，然後穿上我這最好的衣服，將推薦信放進外套內側口袋，準備出門拜訪可能幫助我實現卑微願望——

找到一分能夠糊口的工作——的那位老爺了。

沿著長路漫漫的北方街向上爬升，好不容易到了北城門，樹叢後一根根氣派雄偉的柱子在那閃閃發亮。「約翰老爺應該就在那裡了。」我心裡這麼想著，走到了豪華別墅大門前停了下來，先掏出手帕將鞋子上的塵土拂去，正了正脖子上的領巾，才戒慎恐懼地拉了門鈴。

大門驟然打開，通過前廊的答問之後，門房代我通報，令人想不到的是，我非常榮幸地被傳喚到後花園去拜訪約翰老爺，他正在那裡與一群賓客散步。

---

1. 譯註：湯瑪斯・約翰（Thomas John），「Thomas」源自希臘文，代表雙胞胎的意思；「John」源自希伯來語，代表仁慈的上帝。
2. 譯註：十九世紀初期衣物仍然非常昂貴，經濟拮据的人會將外套翻面，將比較新的內裡當成外襟，破舊不堪的外襟變作內裡。

一走進綠意盎然的庭院，我立刻就認出哪位是約翰老爺，他是一位志得意滿、氣壓全場的男人。看到我走進來，他沒有離開圍繞在周身的賓客，只是稍微轉頭看向我，維持側著身子的姿勢，非常客氣地打招呼——如同有錢人接待窮光蛋的那種客氣。他順手將我用雙手呈上的推薦信接了過去，嘴裡說著：「原來是我哥哥寫的。他身體好嗎？我們很久沒有聯絡了。在那裡……」我還來不及回答，他就用拿著信封的那隻手，指著一個小山丘，向他的客人誇耀：「在那裡我要再蓋一棟新房子。」他邊說邊撕開信封上的封蠟，卻沒有停下與賓客的交談，他們談話的主題來到了炫富的環節，「一個資產不足一百萬的男人，」他頓了一下，彬彬有禮地向大家道歉：「請原諒我用這麼粗魯的詞彙——簡直是社會的敗類。」

「您說得真是太好了！」我真心實意地附和他的有感而發。如此熱情真誠的讚嘆想必取悅了他，於是他笑容滿面地招呼我：「親愛的朋友，您就安心地留下來吧！等我有空時或許會告訴您我對此事的想法。」他揮了揮手中的信並收入懷中，便轉過身去招呼其他賓客。他彎起手臂邀請一位年輕的女士同行，其他的男士便也忙著尋找屬意的女士搭訕，眾人都配對成功之後，便成雙成對地走向玫瑰盛開的山丘。

我若無其事地悄悄跟著他們，反正目前為止，不僅沒人招呼我，也不會有人對我感興趣。受邀參加這場戶外派對的賓客興致非常高昂，男男女女互相調笑、戲謔，時而蔑視嘲笑正經嚴肅的話題，時而為了雞毛蒜皮的小事脣槍舌戰，不過最熱衷的，是討論不在場朋友的風流韻事並開他們的玩笑，而垂頭喪氣又心事重重的我，臨時插花參加了這場宴會，不但無法融入他們，也搞不懂這種猜測誰跟誰有曖昧的話題有什麼深明大義。

眾人走到了玫瑰花叢旁邊，美麗的芬妮[3]姑娘——應該是今日宴會的女主人——任性地想要親自摘下一朵美麗的玫瑰，卻不小心被花莖上的尖刺刺傷了，鮮血如同深紅的玫瑰花瓣，快速地從她潔白無瑕的手流下。這個意外讓大家慌了手腳，相互尋問是否有人恰好帶著絆創貼布[4]。這時賓客之中冒出一位安靜、骨瘦如柴、身材修長的男子，不曉得為什麼，我先前沒有注意到他。他把手伸進灰色老式平紋絲織塔夫綢的上衣口袋，拿出一個小皮夾，攤開後從中抽出絆創貼布，走到芬妮姑娘面前，恭敬地深深鞠了一個躬後獻給她，芬妮姑娘漫不在乎地接了過來，甚至連道謝都沒有。傷口包紮好之後，眾人放下了心中那塊大石，繼續往山丘頂峰走去，他們打算欣賞山丘另一側，庭院的綠色迷宮，遠眺無邊無際的海洋。

玫瑰山丘頂峰的景色果然壯麗遼闊，突然間，深黑的海水與蔚藍的天空之間有一個小光點在閃爍，約翰老爺立刻伸手喊著：「拿望遠鏡來。」站在外圍的僕人對於主人的要求還沒來得及反應，灰衣人又將手伸進口袋，拿出作工精美的杜蘭德牌望遠鏡[5]，謙恭地彎下腰，用雙手獻給約翰老爺。老爺迫不急待地將望遠鏡湊到眼前，向在場的賓客解釋那個光點是昨天已經出海的大船，因為逆風的阻撓正朝著港口返航。其他賓客也搶著看，於是望遠鏡就從這個人傳到另一個人，只是一直沒有傳回灰衣人的手上。我則是滿心驚奇地盯著灰衣人，認真思考這體積如此龐大的金屬望遠鏡，到底怎麼從他小小的外套口袋裡冒出來。不過除了我之外，其他人對這點毫不在意，也不想知道灰衣人是誰，就像他們從來不想知道我是誰一樣。

3. 譯註：芬妮（Fanny），與德國使用歐元之前的貨幣銅板「Pfennig」同音，也是作者夏米索在漢堡銀行家當家庭教師時，女主人的名字。
4. 譯註：絆創貼布（Englisch pflaster），現代ＯＫ繃的前身，直譯為英國的貼布，是當時在普魯士的商品名稱。
5. 譯註：杜蘭德牌望遠鏡，當時英國光學家約翰·杜蘭德（John Dollond, 1706–1761）將光學知識用在望遠鏡的生產與銷售，故也稱為杜蘭德牌望遠鏡。

這時僕人適時送上各式各樣的飲料和點心，這些從世界各地送來的奇珍異果盛在精緻的瓷器裡，約翰老爺從容不迫、彬彬有禮地招呼賓客，我則非常榮幸地再度得到了約翰老爺的青睞，他對我說：「盡情享用這些美味的水果，我知道您在航程中很少吃到新鮮蔬果。」我感激地向他深深鞠了個躬，但是他根本沒看見，因為他隨即向前招呼其他賓客，與別人聊了起來。

大家站著有點累了，要不是擔心地上帶著濕氣，都有點想直接在山丘草地上坐下來，好好欣賞眼前廣袤無垠的景色。這時，有人說出心中的願望：「老天啊，要是現在有一張土耳其絨氈可以鋪下來野餐，該有多好。」他才說完沒多久，灰衣人又將手伸向口袋，以謙虛到甚至有點卑微的姿態，吃力地拿出一張金線交織的華麗土耳其絨氈。僕人見怪不怪地接過絨氈，並在指定的地點攤開，賓客淡定地坐下來休息放鬆。我則再次以不可思議的目光看向灰衣人，揉了揉眼睛，不知道該對眼前這張從神奇口袋拿出並攤開長二十步[6]、寬十步的絨氈說些什麼。整件事最令人費解的地方，就是全場除了我之外，沒有一個人覺得在這個宴會上發生的事情離奇古怪到不行。

我實在太想知道灰衣人的來歷，只是不知道該找誰問才好，俗話說：「閻王好過，小鬼難纏。」我畏懼與僕從打交道的程度，甚至遠勝於與他們的主人。幾番掙扎之下，好奇心終於戰勝恐懼，我鼓起勇氣找到一位常常獨自站著的年輕男子，他的身分地位似乎比其他人低下。我輕聲請求他，是否能告知我那位殷勤體貼的灰衣人是誰。他回答：「他嗎？那位長得像剛從裁縫針孔鑽出來、線頭分叉、身材單薄的傢伙嗎？」

「沒錯，那位獨自站著的男士。」

6. 譯註：「步」為古代計算長度的單位，當時一步的長度大約為七十五至八十公分。

「我不認識。」

年輕人簡短回答我後就立刻轉身，找了個無關緊要的話題與其他人攀談，好似不願意與我長談。

陽光的熱度慢慢增加，這對於在場的女士是種煎熬[7]，此時，美麗的芬妮便漫不經心地問了問灰衣人（根據我的觀察，之前還沒有任何賓客與他交談過），是否也帶了帳篷。他聽到後立刻深深一鞠躬，徹頭徹尾散發出伺候她是無上榮幸的氣息。隨後，他再度將手伸進口袋。我眼睜睜看著灰衣人從口袋裡掏出帆布、營柱、繩索和營釘——簡而言之，是一頂最奢華舒適的大帳篷，以及所需的各種配件。年輕有力的紳士合力把帳篷搭建起來，大小剛好能夠完整地覆蓋在土耳其絨氈的正上方——同樣地，依舊沒有人覺得事有蹊蹺。

我對眼前要什麼有什麼的古怪情況感到毛骨悚然，甚至驚懼莫名。但是，當有人又隨口說出下一個願望，看見灰衣人從口袋拉出三匹駿馬的魔術秀再度上演，這時我才是真的嚇到不知所措——我真的沒騙你，是三匹既高大又俊美的黑馬，而且還都配好了馬鞍和轡繩。看在上帝的份上，你想想看，灰衣人的口袋除了拉出了三匹備妥鞍轡的駿馬之外，之前還拿出了裝有絆創貼布的皮夾、杜蘭德牌望遠鏡、長二十步、寬十步的織花絨氈，以及一頂尺寸相符的帳篷和營柱、營釘等附屬的配件，要是我不對你發誓，這一切都是我親眼所見，你大概會以為我在胡說八道。

除了我之外，所有的賓客似乎都對灰衣人的一舉一動淡定無視，但是無論他的行為舉止再怎麼謙恭有禮，或是混在人群中如何尷尬地無所適從，我的目

---

7. 譯註：本書創作於一八一四年的普魯士，那時歐洲貴族女人以穿著優雅的長裙和擁有婀娜的蜂腰為美，必須穿著緊身束腰馬甲，光是站著就呼吸困難了，氣溫一高常常容易暈倒，所以不太耐晒。

光就是無法從灰衣人蒼白的臉上移開。眼前發生的每件事都透露著詭異與恐怖，我已經害怕到不想待在這個宴會上了。

於是，我決定偷偷離開這場戶外宴會，這應該不是什麼難事，畢竟自始至終我都只扮演著一個跑龍套的小角色。我心裡盤算，待會要徒步走回市區，隔天早上再來拜訪約翰老爺碰碰運氣。如果那時我已經從驚嚇中恢復過來，也想打聽一下灰衣男子的來歷——喔，要是那時候我能逃脫，該有多好！

那時我真的已經順利地穿過玫瑰花叢，躡手躡腳走下了山丘，不過我沒走鋪設妥善的庭園小徑，而是為了趕路直接穿越草坪。因為有點擔心被人撞見，便小心翼翼地環顧四周。當我目光一轉到身後，赫然發現灰衣人也跟著我溜了出來，正朝著我走來，嚇了我好大一跳。當我們四目相對，他便立刻彬彬有禮地摘下帽子——我從未受人以如此謙恭有禮的態度尊敬過——深深地彎腰行禮。無庸置疑，這名陌生人有事找我，假使我這時轉身離去，那可就太失禮了。百般無奈之下，我只好也摘下帽子彎腰回禮，然後腳底便有如生了根般無法動彈，整個人毫無遮蔽地釘在豔陽下，如同一隻中了毒蛇法術任人擺布的鳥兒，滿懷恐懼地瞪著他。灰衣人則是有點尷尬，眼神下移，一邊不停鞠躬一邊慢慢朝我走近，然後以帶點不安、近乎乞求的輕柔口吻說道：「這位閣下，請原諒我的莽撞與冒失，以這種不合規矩的方式打擾您。其實，我有一事相求——希望您能慷慨同意……」。

我實在是太害怕了，忍不住驚聲高喊：「看在上帝的分上，閣下！」我打斷了他的話頭，「我能夠幫您……這樣的人做些什麼呢？」講到這裡，我們都有些愣住，而且臉上似乎都泛紅了。

他默不吭聲好一會兒才把話接下去：「這位閣下，方才本人有幸短暫停留在您附近，有好幾次機會——請您允許我如此直率表達自己的感受——帶著說不出的欣羡與傾慕，欣賞您美麗超凡的影子。或許您沒有發覺，在陽光之下，您以那種貴族常見的淡漠，彷彿可有可無般將清新脫俗的影子扔在腳下。請原諒我斗膽提出過分的要求——或許您應該不會介意將影子轉讓給我吧？」

語畢，他就沒再開口了。此時，我腦子快速地運轉起來，該怎麼應付這種莫名其妙、想要別人影子的提議呢？他一定是瘋了，我心裡這麼想。於是，我便決定模仿他那種過分謙卑有禮的說話方式，將這項古怪請求頂撞回去：「哎呀！這位仁兄，難道您有了自己的影子還不夠嗎？在我看來這真是一筆古怪荒誕的交易。」他馬上打斷我的話說道：「我口袋裡的某些物品，或許可以讓閣下覺得這是筆划算的買賣。在商言商，就您這張高貴珍稀的影子來說，我認為無論付出多大的代價都值得。」

當他一提到那神奇的口袋，我宛如迎頭被澆了一盆冷水，剛剛真不應該裝熟稱他「這位仁兄」的。於是我趕緊以十分客氣的口吻表示歉意，希望他能忘記之前碰的軟釘子。「這位閣下，您最謙卑的僕人請求您諒解，我剛剛不太能

理解您的要求，所以非常想知道，您要如何購買……」

灰衣人打斷我的話說道：「我只不過是徵求您的同意，允許我就地拾起您高貴的影子，然後收進我的口袋，至於該如何收藏影子，那是我的事。另外，為了表達我對閣下的謝意，您可以從我口袋裡的各式寶物中，挑選您想要交易的物品，例如貨真價實的『所羅門王的開鎖根[8]』、『飛行茄蔘根[9]』、『錢滾錢[10]』、『迴力銀幣[11]』、『羅蘭騎士隨扈的吃飽飽桌布[12]』，以及『小惡魔許願罐[13]』——任君挑選。不過這些寶物恐怕都不符合您的需求，或許這修補後已煥然一新、堅固耐用的『任意帽[14]』是個更好的選擇；要不然『無限錢袋[15]』也很適合。」

「無限錢袋！」換我打斷他的叨叨絮絮——不管我的心中充滿多少恐懼，一聽到這個寶物我便喪失神智，眼前彷彿只看得到雙倍含金量的「杜卡特金幣[16]」在閃爍。

8. 譯註：所羅門王的開鎖根（Springwurzel），德國民間傳說中的魔法草根，可以打開和鎖上世界上所有的鎖，只有透過啄木鳥才能找到這種草根。

9. 譯註：飛行茄蔘根（Alraunwurzel），又名歐茄蔘，傳說是德國中世紀巫師製作飛行魔藥的主要原料，飲用後才能夠騎掃把飛行。

10. 譯註：錢滾錢（Wechselpfennige），德國十八及十九世紀的民間傳說，此銅板花出去或是兌換出去後，都會神奇地再度回到前一任的主人手上。

11. 譯註：迴力銀幣（Raubtaler），德國十八及十九世紀的民間傳說，若是用當時德國通用的銀幣「Taler」付帳，銀幣不僅會回到主人手上，還會把錢袋中與它接觸過的所有錢幣也一起帶回來。

12. 譯註：羅蘭騎士隨扈的吃飽飽桌布（Tellertuch von Rolands Knappen），羅蘭騎士戰死後，他的隨扈逃到山上碰到了會魔法的巫師，得到了一條只要攤開就會自動擺滿食物的桌巾。

13. 譯註：小惡魔許願罐（Galgenmännlein），可以隨身攜帶的玻璃罐，罐子裡封印了一個小惡魔，任何人得到這個罐子，許下任何物質相關的願望都會立刻實現，代價就是大惡魔路西法會透過小惡魔操縱得到這個罐子的凡人。

14. 譯註：任意帽（Fortunati Wünschhütlein），源自於一五〇九年在德國奧格斯堡出版的作品《福氣的無限錢包和任意帽》（*Fortunati Glückssäckel und Wunschhütlein*）。該書的作者不詳，主人翁名叫「Fortunatus」，是拉丁文的男性名字，意思是幸運的人，中文意思為「福氣」。「Fortunati」是「Fortunatus」的所有格，字尾變化以顯示詞性；「Wünschhütlein」是一頂魔法帽，只要載上這頂帽子，可以瞬間抵達想去的地方。

「恭請大人檢查、試用一下這個錢袋。」灰衣人似乎很擅長察言觀色，抓緊時機立刻用雙手呈上他剛從衣袋裡拿出的，一個中等大小、縫得很牢、開口有著兩條長長皮帶束著，以馬臀皮[17]製成的袋子。我急不可耐地接了過來，伸長手臂往裡面一抓，掏出了十塊金子，接著又是十塊金子，又十塊、再十塊，我連忙握住他的手：「就這麼敲定啦！我同意以這個錢袋交換我的影子。」他立刻回握表示同意，然後毫不遲疑地在我面前跪了下去。我一動也不動地看著他以令人讚歎的熟練技巧，將我的影子從頭到腳與草皮分離、拉高，然後輕輕捲起、小心翼翼摺好塞進口袋。他站起身來，鞠了一個躬後就循著玫瑰花叢的方向離開。陽光普照，我似乎聽到他在不遠處輕聲竊笑，而我整個人卻依舊如中邪般呆站在原地，手裡緊緊抓著錢袋，腦中一片空白。

15. 譯註：無限錢袋（Glückssäckel），只要把手伸進錢袋，錢袋就會生出當地貨幣，取之不盡用之不竭。同樣出自《福氣的無限錢包和任意帽》這部作品。福氣生長於塞普勒斯，出門冒險時碰到幸運女神，女神給他三個選項：長壽、智慧、無限錢包，他選了無限錢包，因為他相信有了金錢，自己就會變得長壽又有智慧。

16. 譯註：杜卡特金幣（Dukaten），十三世紀後期至十九世紀於威尼斯壓製的金幣，幣重三．四六克，含金量達百分之九十九．四，幾乎是純金，是當時歐洲含金量最高、最強勢的貨幣。

17. 譯註：馬臀皮（Korduanleder），顧名思義是由馬臀特定部位製成的皮革。馬臀內部有一層名叫做哥多華層（Cordovan）的皮層，製作時先刮掉上層的皮革，然後將哥多華層轉成正面，由於此層纖維緊密而且生長方向都相同，使得馬臀皮具有耐磨防水的特性，屬於皮革中的鑽石。

CHAPTER 2

失去影子的代價

人群中，有位女孩

無意間注意到我竟然沒有影子，驚得愣住，

隨即慌張地拉下面紗遮住那張美麗的臉，

低頭快步離去，

彷彿恨不得離我越遠越好。

我終於回過神來，急著離開，希望從此不再跟這個鬼地方有任何瓜葛。但是在此之前，我得先把身上所有口袋都裝滿金子，再捏著袋口的兩條束帶繞到脖子後方打結綁起來，讓「無限錢袋」貼緊在我的胸前藏好。我神不知鬼不覺地溜出豪宅的花園，一抵達鄉間小路就轉往城裡。當我心神未定地朝著城門前進，聽到有人在我背後喊著：「年輕人！喂！年輕人，聽我說啊！」——我左顧右盼尋找聲音的來源，發現有位老婦人對我大喊：「先生，您要多加注意啊，您把影子[1]弄丟了！」

「謝謝您，老太太。」我丟了一塊金子感謝她的好心提醒，然後改往樹蔭處走去。

城門已近在眼前，我人才一靠近，守門的士兵馬上詢問：「這位先生把自己的影子忘在什麼地方了嗎？」接著身邊有幾位婦女也跟著驚呼：「神聖的瑪莉亞！沒有影子的可憐人！」我既氣憤又懊惱，只能更加小心地避免在陽光下行走。可惜，沿路不是每個地方都有遮蔽的陰影，例如我現在必須要穿越一條寬大筆直的幹道，卻不幸地碰到放學的孩童正三三兩兩走出校園。這時，一個可惡至極的駝背混混——我至今仍記得他的長相——發覺我缺少影子，便立刻大吼大叫地向那群來自郊區[2]的街頭惡童揭發我。這群剛走出校園的野孩子，一聽見我沒有影子便開始對我指指點點，有如文學評論裡那群專門寫書評攻擊他人作品的人那般惡毒，而且毫無底線，甚至還向我丟擲糞便，同時喊著：「走在陽光下的正常人都有影子。」為了擺脫這公開的羞辱，我急急忙忙掏出一大

1. 譯註：十九世紀的德國民間相信影子是靈魂的外在體現，只有死者、鬼魂才沒有影子。
2. 譯註：十九世紀初普魯士剛步入工業化，城牆裡已經是具有現代規模公共設施的城市，有錢人住在受城牆保護的城裡，城牆外面的郊區只有田野與零星的工廠，除了需要比較多空間才在城外建別墅的富豪以外，住在這裡的家庭通常社經地位不高、教育水準較低。

把金幣撒在他們前方，趁眾人搶錢的空檔，跳進路邊不知名善心人士幫我叫來的出租馬車逃離現場。

當我獨自坐在緩緩行駛的馬車中，終於忍不住痛哭失聲。有個念頭在我心中浮現：當今世人越認為資產的多寡遠勝於功績與美德，影子的價值可能就比黃金貴重。從前的我，為了不違背良知錯失了財富；現在的我，僅僅為了金子就捨棄影子——在這個亂世之中，想要安身立命怎麼就這麼難呢？

當馬車停在我之前投宿的老舊小旅館門前，我仍然因為剛剛經歷的種種衝擊轉換不過來，心中既痛苦又迷惘。不過在變得富有之後，光是想到要再踏入那間狹小破爛的閣樓，就讓人難以忍受，於是我叫人把行李拿下來，然後滿臉不屑地接過我那少得可憐的家當，丟給搬行李小廝幾塊金子當小費，敲了敲車頂吩咐馬車朝著全城最豪華的飯店疾馳而去。那間飯店的方位坐南朝北[3]，適合見不得光的旅人投宿，我拿了幾塊金子打發車夫，進到飯店後指名要租下正面幾間最好的套房，然後盡可能地將自己鎖在裡面。

喔！我親愛的夏米索[4]，光是告訴你這些事，我就不由自主地面紅耳赤、羞愧難當。你覺得我獨處後會做些什麼呢？我怒不可抑地從胸前拿出給我帶來厄運的錢袋，胸中那把無名火越燒越旺，逼得我滿腔憤恨地掏出一把金子，再一把金子，越來越多的金子。我忍不住以滿滿的惡趣味，恣意地把一顆顆的金子撒向磨石子地板，伴隨著叮叮噹噹的曲調，在黃金堆成的伸展台上來回走秀。我任由貧瘠的心被黃金散發出的華麗光芒與迷人聲響填滿，然後在金子堆

3. 譯註：由於德國位於北半球，一整年的時間裡，陽光多半從南方照進來，因此坐南朝北的房間自然會缺乏光線。

4. 譯註：故事的主人翁施雷米爾以第一人稱向本書作者夏米索描述自己的經歷，所以作者也會出現在書中。

上又放上更多的金子，直到全身無力，便放縱地倒向黃金堆成的大床，身體在巨大的財富裡盡情翻滾。從白天到黑夜，我沒有離開房間一步，恣意地在錢堆裡暢泳，直到睡意籠罩了我。

這時，我夢見了你。我彷若站在你狹小書房的玻璃門外，看著你的背影，你坐在介於骷髏骨架與幾把乾燥植物之間的書桌旁，書桌上放著幾本打開的哈勒[5]、林奈[6]、洪堡[7]，沙發上散落著歌德[8]的文集以及《神奇戒指》[9]。我靜靜觀察你，目光順著你小公寓的物品一件一件移開，不知過了多久，我將焦點移回你身上，你一動也不動，甚至連呼吸的起伏也沒有——你已經死了。

我忽然醒了過來，天色還早，但我的錶停了，不知道現在是幾點。我除了全身痠痛之外，又渴又餓的，畢竟從昨天早上上岸之後就沒再吃過東西了。我既嫌棄又厭惡地推開身旁的金子，想要遠離這些身外之物。人生真是諷刺！不久之前我愚昧的心智才為此感到無比滿足，現在卻被一大堆金子搞得心煩氣躁，總不能任由這堆金子一直擺在地板上，於是我試著將金子塞回「無限錢袋」，但錢袋拒絕收回。我租下的套房，沒有一扇窗戶臨海，少了清涼海風的室內又悶又熱，即使我不想親自動手，還是得認命地流著臭汗，大費周章地將

---

5. 譯註：哈勒（Albrecht von Haller, 1708–1777），瑞士博物學家與詩人，他的長詩〈阿爾卑斯山〉（*Die Alpen*）開創了德語自然風景詩的先河，以自然的崇高和深邃為題，也表達了人與自然和諧相處的理想。
6. 譯註：卡爾・林奈（Carolus Linnaeus, 1707–1778），分類學之父，巨著《自然系統》（*Systema Naturae*）將自然界劃分為三個界：礦物、植物和動物。
7. 譯註：洪堡（Alexander von Humboldt, 1769–1859），以生物地理學聞名的普魯士學者，被譽為現代地理學之父。
8. 譯註：約翰・沃爾夫岡・馮・歌德（Johann Wolfgang von Goethe, 1749–1832），德國最偉大的詩人，也是優秀的劇作家、思想家、科學家。
9. 譯註：《神奇戒指》（*Der Zauberring*），德國奇幻作家富開（Friedrich de La Motte-Fouqué, 1777–1843）一八一二年出版的作品，內容敘述一群騎士遊蕩於寒冷的挪威與炎熱的義大利之間，為維護真理與正義而戰。

所有金子一一拖進內室，放進裡頭高大的櫥櫃藏好，外頭只留下幾把金幣方便花用。完成這項艱辛的任務後，我整個人筋疲力盡，一動也不動地癱倒在沙發上，靜靜等待旅館開門營業。才一聽到聲響，我便喚人將早餐送到房間，並且要求旅館老闆一有時間就來見我。

我向老闆說明自己急需有人代為打理生活瑣事，為此他推薦了一位名叫班德爾[10]的貼身僕役。面試時他給我留下了忠誠與睿智的印象，贏得了我的好感。從這一刻起，他的不離不棄，陪我在未來度過了苦難的人生，幫助我撐過了黑暗的命運。接下來我整天都待在房裡，與打算找差事的僕役、鞋匠、裁縫、商人周旋，完成從窮光蛋到超級富豪的大變身。為了消耗一些衣櫃裡的金子，我還特地購買了許多價格昂貴的奢侈品與寶石，但是那座金山的高度似乎沒有減少半分。

與此同時，失去影子讓我惶惶不可終日，一步也不敢走出大門。每天晚上在我離開房間黑暗的角落之前，都會叫人先在大廳點亮四十支蠟燭。我常常驚懼地回想起被那些學童羞辱的可怕場景，但最終還是決定鼓足勇氣，再次檢視社會大眾對「缺影人士」的看法。這幾天正值滿月，月光特別皎潔明亮，某日深夜，我披上了一件寬大的斗篷，將帽簷壓低到幾乎蓋住眼睛，像個罪犯般戰戰兢兢地溜出房間。在沿街屋舍陰影的掩護之下，我散步到街道盡頭的廣場邊緣。我先深深地吸了一口氣，然後才從房子的陰影中走出，踏入月色之中，決心要聽聽路人如何決斷我的命運。

我誠摯的好友，免去我細說那些令人痛苦不堪的經歷吧！總而言之，婦女族群通常對「缺影人士」表達了深刻的憐憫，但她們充滿同情的隻字片語對我

10. 譯註：班德爾（Bendel），中古德語的男子名，意指販賣珠寶項鍊的珠寶商。

這顆弱小心靈造成的殺傷力，並不亞於年輕人的冷嘲熱諷以及體面男士的鄙夷——特別是那些腰圍寬大，能夠投下龐大陰影的成功人士。在人群中，有位跟在父母身邊散步的美麗可愛小女孩，當大人注意力似乎都只放在前方的路況，她好奇地左顧右盼，偶然將明亮的目光轉向了我。她眨了眨眼，發現我的身軀沒有影子，頓時嚇得不知所措，匆忙放下面紗遮住她那張美麗的臉，低著頭快步走開，恨不得離我越遠越好。

此時，苦鹹的眼淚已從我的眼眶不斷湧出，我再也無法忍受被這樣對待。我摀著一顆傷得千瘡百孔的心，踉踉蹌蹌地退回黑暗之中。孱弱的我為了穩住腳步，只能顫巍巍地沿著房舍緩步而行，因此當我回到住所時，夜色已更加深沉。

當晚我徹夜未眠，隔天一早，第一件事就是派人四處尋找灰衣人的下落。或許我的運氣夠好，能夠再度找到他；如果他跟我同樣後悔這場愚蠢的交易，那就再理想不過了。我把心思靈巧、懂得隨機應變的班德爾叫到跟前，告訴他有位男子從我這裡拿走了一件寶物，沒有了它，我的一生便只剩下痛苦與折磨。我告訴班德爾當時遇見這位男子的時間和地點，描述那時在場的所有相關人士，並提供更多線索，以便他能更詳細打聽這些物品的下落：一副杜蘭德牌望遠鏡、一張織金的土耳其絨氈、一頂奢華的派對帳篷、三匹矯健的黑色駿馬。不過，我沒讓班德爾知道，這位沒有引起任何人注意的謎樣男子，如何摧毀了我生命中的平靜與美好，以及與這些物品的關連。

吩咐完後，我一口氣拿出自己勉強搬得動的黃金，隨後又添上了許多珠玉寶石，接著說道：「班德爾，這些金銀珠寶應該可以打通許多關節，讓不可能變成可能。你不需要替我省錢，我也不缺這些錢。你現在出門好好辦事，最好能夠打聽到讓你主人開心的消息，因為這是我唯一的希望。」

他銜命離開，直到當天很晚的時候，才愁眉苦臉地回來。約翰老爺的僕人與賓客——他詢問過的所有人——統統不記得灰衣人是誰。那副嶄新的望遠鏡仍放在豪宅裡，卻沒人知道是誰拿出來的；那張華麗的絨氈仍舊鋪在山丘草皮上、那頂帳篷也還架在原地。僕役熱切地誇耀主人的富有，卻對這些珍寶奇玩的來歷一無所知。約翰老爺非常喜愛這些物品，絲毫不在意它們如何來到他的身邊；那三匹駿馬在花園派對當天送給了當時騎乘牠們的三位年輕紳士，現在被養在他們家裡，他們都非常感激約翰老爺的好客大方。我大力讚賞班德爾的賣力與周延，儘管他的消息對找到灰衣人毫無幫助。我心情沉重地揮手讓他退下，想要一個人靜一靜。

這時他又開口：「主人，我已經報告了您最感興趣的事。除此之外，我還有件事要向您稟告。今天清晨我出門去執行那件徒勞無功的任務時，在門口遇見了一位男子，他託我向您傳話，『請您告訴彼得·施雷米爾閣下，不必費盡心思找我了，現在風向正好適合出航，我決定離開此地。但一年又一天之後，我將再度有幸地前去拜訪他，同時提出另一個讓他不這麼困擾的交易。請向他轉達我的敬意，並且代我向他致謝。』當我回問他的身分，他只說您早就認識他了。」

「那位男子長什麼樣子？」我心中帶著不好的預感提高聲調。班德爾詳細地向我形容那位穿著灰色外袍男子的樣貌——與他先前打聽的神祕男子幾乎一樣。

「不祥之人啊！」我聲嘶力竭地大喊，「就是他！那個人就是他！」班德爾這時突然從迷離的狀態清醒了過來，「對，就是他，正是他！」接著他又驚恐地叫起來，「我這個瞎了眼的笨蛋，連他站在面前都認不出來，辜負了主人的期待！」

語畢，他止不住痛哭流涕，不停嚴厲責備自己。他的絕望讓我看了非常不忍心，於是我安慰他，反覆保證絲毫沒有懷疑他的忠誠。我叫他立刻趕去港口，看看能不能追蹤到關於這個神祕男子的線索。然而，那天早晨，許多因逆風暫泊在港口的船隻都再度啟航，駛向世界各地的不同國度與未知海岸，而那位灰衣人就跟影子一樣，消失得無影無蹤。

CHAPTER

3

月光下的祕密

就在那一刻，

月亮忽然撥開雲霧，

從我們身後探出頭來。

她立刻注意到，前方的地面上，

只有一張影子——她自己的影子。

一隻被鐵鍊牢牢鎖住的囚鳥，揮舞翅膀又有何用呢？想必只會因此更加絕望，越發感到悔恨。我如同緊緊守護寶藏的妖龍「法夫納[1]」，倒在那堆金銀珠寶旁，因為缺少影子而被折磨得痛不欲生，哪兒都去不了，也無法與任何人有所交集。不過，我並非那隻邪物，財富尚未完全占據我的心智，反而詛咒這堆金子，痛恨它讓我失去過著正常生活的權利，獨自守著見不得人的祕密。連面對我最低賤的僕役，除了深感惶恐不安之外，還湧現深深的嫉妒：他有影子啊！可以毫無顧忌地走在光天化日之下，而我卻淪落到只能孤零零地待在豪華的房間內，鎮日傷心絕望地以淚洗面。

不過，除了我之外，還有一個人也在黯然神傷——我忠誠的貼身男僕班德爾。他不斷責備自己辜負了善良的主人，未能認出他被派去尋找的目標。想必他已經猜到，我悲慘的命運與那位男子有著千絲萬縷的糾葛。然而，他不知道我根本不怪他，因為我早就察覺到，他之所以無法完成任務，與那位陌生人身上的神奇魔力脫不了關係。

我想盡辦法要擺脫目前的困境。有一次，我甚至吩咐班德爾帶著一枚鑲著許多貴重寶石的戒指，去拜訪城裡最有名的畫家，邀請他來旅館見我。當畫家應邀前來，我謹慎地摒退下人，鎖上門，坐在他的身邊，對他的藝術造詣大加讚賞。隨後，我滿心沉重地進入主題，並事先要求他對我們的談話嚴格保密。

「教授閣下，」我開口說道，「您能為碰到這個世上最倒楣狀況而失去了自己影子的人，畫一個仿生影子嗎？」

「您是指利用逆光投射在畫布上的那種剪影[2]嗎？」

---

1. 譯註：法夫納（Fafner），源自北歐神話和《尼伯龍根之歌》（*Nibelungenlied*），為一條守護矮人寶藏的巨龍。
2. 譯註：投射的影子（Schlagschatten），即剪影（Schattenumriss），是繪畫專用術語，指的是畫家會用光投射在一個物體，挑繪影子的練習過程。

「對對對！沒錯，我指的就是剪影。」

「但是，」他接著問下去，「這個人到底多倒楣、多不小心，才會弄丟自己的剪影呢？」

「他怎麼弄失自己的影子，這個不重要。事情是這樣的……」我厚顏無恥地撒起謊來，「去年冬天，這個人到俄羅斯旅行，不幸碰上了異常嚴寒的暴風雪，結果影子被冰凍在地上，從此便再也無法拔出來了。」

教授回答：「我當然可以為他畫一個仿生剪影，但那個人只要輕輕動一下，就會再度失去它。更何況，根據您的描述，他似乎並不特別在意自己與生俱來的影子。若是您問我的看法，我認為誰要是沒有影子，最好就不要走到太陽底下，這是最理智、最安全的做法。」語畢，他站了起來，與我拉出了一段距離，接著以彷彿能看穿一切、讓我根本不敢回視的眼神，看了我一眼後便離去。我渾身無力地坐回沙發，把臉深深埋進雙手裡。

班德爾走進來的時候，我仍維持著同樣的姿勢。他體貼地想將空間留給正傷心著的主人，準備不動聲色地悄悄告退。此時，我抬起頭看向他——目前為止所發生的一切，已讓我瀕臨崩潰邊緣，再也無法獨自承受了。「班德爾！」我喊住他：「班德爾！只有你見到了我的掙扎，暗地關心我的不幸。你體貼地不去探究緣由，時時設身處地為我著想，不發一言、忠心耿耿地服侍在側。班德爾，你過來。從現在起，你就是我最信賴的親隨。我從未向你隱瞞自己擁有無盡的財富，現在也不想在你面前掩飾我心中無限的悲涼。班德爾，請不要離開我！你眼中的我為人富有、慷慨、善良，認為世人應該為此崇敬我，但想必你也發現我刻意遠離世人、不願出門交際。班德爾，世界已經審判了我，也早已遺棄了我。當你知道我可怕的祕密之後，或許你也會離開我。班德爾，我的確是位富有、慷慨、善良的人，但是……上帝保佑！我沒有影子啊！」

「沒有影子？」純良的少年吃驚地喊出聲，隨即從他的雙眼湧出兩行淚水，「我怎麼這麼命苦，居然生來要服侍缺少影子的主人！」語畢，他半晌都說不出話來，我則是再度把臉深深埋進雙手之中。

不知過了多久，我顫抖地開口：「班德爾，你現在已經得到了我的信任，若是你還是決定背叛我，那就走吧！去向世人告發我吧！」聽到我這麼說，他似乎陷了入天人交戰。最後，他撲倒在我腳邊，聲淚俱下，淚珠很快地沾濕了我被他緊緊抓住的雙手。「不，」他大喊：「不管世人怎麼說，我不能、也不想因為善良的主人缺少影子而離開。主人當初仁慈地僱用了我，我應該做的就是待在您的身邊，而不是利用您的祕密得到好處。我想留在您身邊，把影子借給您，盡我所能地幫助您；若是有我幫不上忙的時候，我便陪您一起哭泣。」我深深地被班德爾高尚的情操感動，伏在他的肩膀上，激動地摟住他的脖子。因為我相信，他之所以這麼做，並不是因為那堆金子的緣故。

從那一刻起，我的命運和生活方式都發生了翻天覆地的變化。班德爾以無法言喻的細心，竭盡所能地掩飾我的缺陷。不管我們走到哪裡，他都事先考慮並打點好一切。他不是亦步亦趨地陪在我身邊，就是小心謹慎地走在我前面；若是遇到了出乎意料的情況，他便會以比我更高更壯的身形，迅速地將影子覆蓋在我空空如也的身後。有了這位周密謹慎的貼身男僕照護，我再度獲得了置身於人群之中的勇氣。隨著時間的推移，我也在民間累積了些許的聲望，雖然我對外必須假裝有很多特殊的習性與怪癖，但富豪新貴向來任性難搞，這倒並不顯得突兀。只要沒人發現背後的真相，我便能盡情地享受財富帶來的一切尊榮與敬重。於是，我原本焦躁的心情慢慢沉澱，開始專心等待一年又一天之後，那位神祕男子的再度造訪。

其實，我自知不能在會被人注意到缺少影子，或是容易被揭發的地方停留太久。這世上大概只剩下我還記得，自己當初拜訪約翰老爺時的窮酸樣。每每回想起來，我總不禁畏首畏尾的。因此，我們在這裡安頓下來後，我便下定決心，要多多練習有錢人該有的行為舉止。這樣一來，若我們再度更換居住地點，便能更加輕鬆自如、自信滿滿地在陌生人面前豪華登場。然而，我卻在此地陷入了貪慕虛榮的泥淖，一時無法自拔——引誘凡夫俗子墮落的方法，就是無止盡地滿足他的虛榮心，也是屢試不爽的訣竅。

那時，我剛換到第三個居所。一切就是這麼巧，在這裡我再度遇見了美麗動人的芬妮姑娘，可是她似乎不記得曾經見過我。如今的我顯然既有魅力又有才情，頻頻吸引她的注意。我甚至不記得自己是在何時何地學會侃侃而談、引導話題的高難度社交技巧。每當我開口，眾人總是凝神傾聽，更不用說得到美麗維納斯女神芬妮的垂青。我彷彿被施了「聽話迷情咒」，成了芬妮的裙下小丑[3]，對她唯命是從。我緊緊把握每個陰天或是薄暮時分，千方百計地追求她。自此之後，凡是參加名流紳士的聚會，身邊便多了艷冠群芳的美女相伴，大大滿足了我的虛榮心，也讓我更加對芬妮猛獻殷勤。然而，儘管我對她的迷戀近乎瘋狂，但無論怎麼努力，卻始終無法把這股狂熱轉為心靈深處的渴慕。

我幹麼跟你重複這些冗長又囉嗦的風流韻事呢？你自己也常跟我八卦其他有錢人是如何打發生活的。這不過是一齣大家耳熟能詳的老戲碼，而我僅僅是出於禮貌，扮演了一個老掉牙的角色。不過，這場戲的結局卻讓我、芬妮，甚至是所有在場的賓客都始料未及，幾乎以詩歌中有災難發生時才會出現的高度張力與戲劇性作為收尾。

在一個夜涼如水的宜人傍晚，我照慣例邀請了一群朋友來到花園小聚。我

---

3. 譯註：此處小丑（Narr）的直譯是傻子、弄臣，指西方宮庭的小丑。在十九世紀，「Narr」這個詞主要受到了一四九四年，賽巴斯蒂安·布蘭特（Sebastian Brant）以德文書寫的《愚人船》（*Das Narrenschiff*）影響，該部作品描述沒有信仰的人們共乘一艘船駛向毀滅的故事。那時的民間也相信，患有精神疾病的傻子，都是體內遭到魔鬼附身的人。

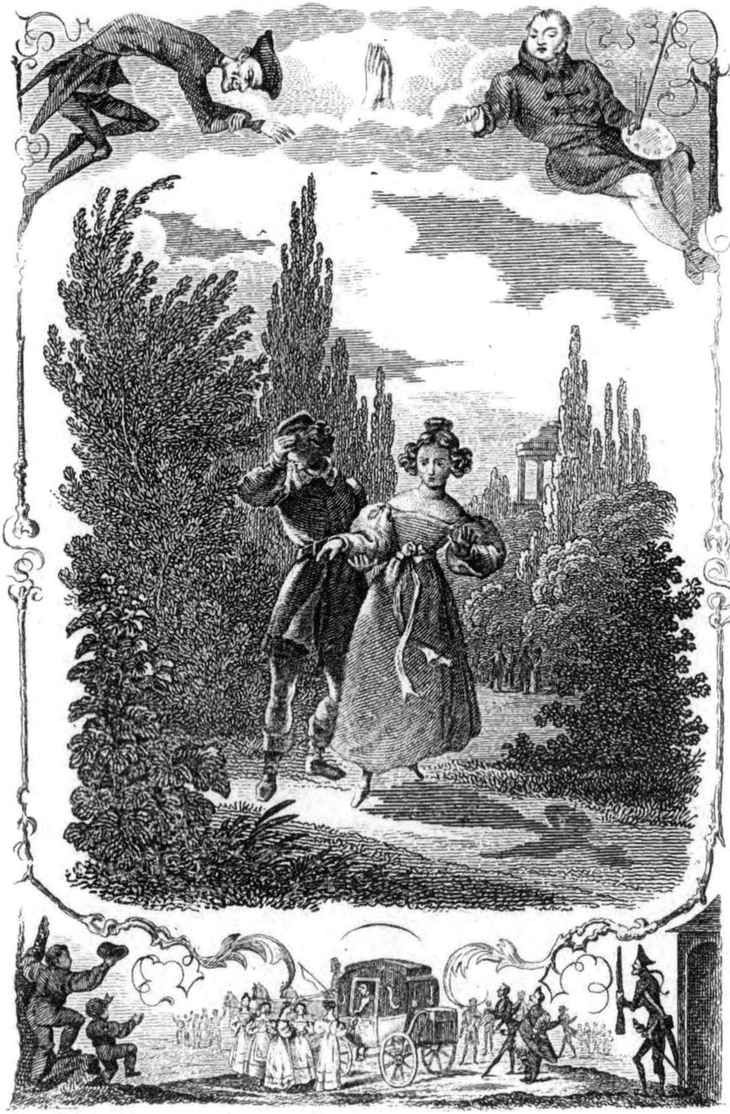

Peter Schlemihls wundersame Geschichte
彼得・施雷米爾的奇幻之旅 072

挽著當晚宴會女主人的手，與其他賓客保持一段距離漫步，趁著機會唸出一串充滿文藝氣息的甜言蜜語討她歡心。她聽了之後靦腆地低下頭，輕輕按了按我的手臂表示讚許。就在此刻，月亮毫無預警地撥開雲霧，從我們身後探出頭來，她立刻注意到前方地面只有一個影子——她的影子。芬妮姑娘嚇得全身一縮，驚恐地看向我，隨即又將目光移到地上，拚命搜尋我的影子。她臉上的表情不斷地快速變化，洩露腦袋裡無數個說不出口的念頭，要不是我自己也嚇得背脊發涼，恐怕早已忍不住大笑出聲。

我讓她暈倒在懷裡，但隨後我便如同穿雲箭般迅速穿越驚惶失措的賓客，衝出門外，坐上停在附近招攬客人的第一輛馬車，吩咐車夫趕往城裡。我真不敢相信自己的運氣如此糟糕，只不過沒把一向謹慎的班德爾帶在身邊，便發生了這種事。班德爾見到我時顯然大吃一驚，但是我才說了短短幾個字，他立刻就明白了情況，旋即吩咐車夫準備好適合長途跋涉的齊頭雙駕豪華馬車。我則選了一名叫拉斯克[4]的狡滑騙子隨行。這段時間，他憑藉自身的機靈與能幹，成為了我身邊不可或缺的左右手。不過，他對今晚的意外毫不知情。那天夜裡，我們迅速趕了三十哩路[5]，班德爾負責善後，解散僕役、賣掉房子、捐出剩餘的金幣，並整理好隨身的細軟。隔天，他終於趕上了我們的隊伍，我立刻撲過去抱住他，鄭重向他保證道：「我將來一定會更加謹慎，不會再讓這種意外發生。」隨後，我們繼續趕路，越過國界邊緣的山脈。當我們抵達了另一側的山麓，我才終於感受到，那塊惹禍的凶地已經被這座高聳雄偉的山脈徹底隔絕在外。隨著我們與災難之地的距離越來越遠，我的心情也逐漸放鬆，於是決定前往附近一座遊客稀少的溫泉水療小城，舒緩連日長途跋涉的疲憊。

4. 譯註：拉斯克（Raskals），有流氓騙子之意。
5. 譯註：那時的普魯士，一哩為七．五公里，三十哩就是二百二十五公里。

CHAPTER

4

短暫的解脫

憑藉著「無限錢袋」的魔力，

我成了眾人心目中

最富有、最高貴的國王。

然而，當午夜鐘聲的最後一響在空中迴盪，

我的心再度被深深的空虛與不安吞噬……

關於我與灰衣人的故事，我必須省略許多細節，直接跳到與她的那場相遇。若是我能夠再度從記憶中喚回她那鮮活靈動的身影，我甘願永遠停留在那個時刻。然而，直到現在，也只有她曾經燃起我心中的美好，如今卻已然熄滅。當時的我，天真到相信能夠找回與她相處時的那份痛苦與快樂交織的深刻情感，但結局卻完全背離《聖經》裡的故事，不論怎麼奮力敲打巖石，活水再也無法湧出[1]。此情只成追憶，連上帝都將我遺棄。那時我本打算在溫泉小城飾演一位大善人，但由於缺乏排練，又是個舞台新手，竟不慎愛上了她那雙美麗的藍色眼睛，使我忘記該如何扮演好自己的角色。結果，她的父母對這場拙劣的表演極度失望，不顧一切匆忙地完成了物色女婿的交易，讓這場鬧劇最終便以無比的諷刺收場。這就是全部——所有發生的一切。我簡直不敢相信，曾經那麼獨一無二、如膠似漆的繾綣，竟淪落至如此荒謬又低俗的地步。米娜，在失去你的那一刻，我心痛得泣不成聲；如今一想到我們的過去，依然絕望得淚流滿面，因為你已經不在我心裡了。歲月是否真的如此催人老？喔，人生就是被理智逼著學會接受現實有多麼殘酷的過程！天若有情，我乞求濃情蜜意時的脈博再跳動一下，再一次重溫心心相印的剎那。然而，這些期盼早已變成痴心妄想，最後一杯香檳業已在高腳玻璃杯的杯底乾涸。如今，我只是你所激起的一朵苦澀浪花，孤零零地在荒涼的遠洋中隨波逐流。

我將大把大把的金子交給班德爾，派他先行前往溫泉小城為我打點一切，並購置符合我各種特殊需求的新房子。他在城裡出手闊綽，花錢毫不吝嗇，並

1. 譯註：典出舊約《聖經》〈出埃及記〉第十七章，以色列人在曠野中缺水，上帝叫摩西拿著之前敲擊過河水的手杖敲擊巖石，就會從中湧出活水。

且在談話間故作神祕，向市民表達自己多麼以服侍這位慷慨大方的神祕大人物為榮（我不想要讓人知道我的真實身分）。然而，正是他這欲蓋彌彰的舉動，反而讓單純的市民對我的背景展開無限的想像。班德爾辦事向來乾淨俐落，很快就安排好一切，隨後返回我們臨時的落腳處，領著我一同前往新宅邸。

馬車徐徐穿過陽光明媚的林間空地，明明離城裡大約還有一個小時的路程，卻早已聚集了許多盛裝打扮的民眾擋住了我們的去路，不得已只好停下馬車。此時，耳邊傳來音樂、鐘聲、禮炮聲，以及歡呼聲。一隊身著白衣的青春少女魚貫而出，圍在馬車前方排成合唱隊形，其中一位少女光彩奪目，燦爛如同朝陽，使得其他人宛若遇上朝陽的群星，頓時黯然失色。她從那群少女中裊裊亭亭走過來，低眉垂眼、羞答答地以優雅脫俗的儀態緩緩跪下，雙手從絲質綢緞托盤中捧起一個由月桂、橄欖枝和玫瑰[2]編織而成的花環。同時口中唸著「陛下」、「尊敬」和「慈愛」等祝福的詞句，然而我沒聽懂半個字，只是全心全意地陶醉在她銀鈴般悅耳的嗓音，彷若感受到了天堂才有的圓滿與幸福。直到少女合唱團開始吟唱歌頌仁慈君主與幸福人民的歌曲，我才恍然回到現實。

親愛的朋友，這場盛大的迎接儀式舉行的時刻正值日正當中，而那位仙姿婉約的天使就跪在離我僅僅兩步之處。可是，就因為我少了影子，這短短的兩步竟成了世界上最遙遠的距離，讓我無法也跪在她的面前作為回應。喔，當時的我願意付出任何代價得到一個影子！我一動也不動地坐在馬車裡，只能將心中升起的羞愧、恐懼與自我懷疑深深埋藏在馬車的最底處，不敢見人。這時，班德爾替我想出了一個解圍的方法。他從馬車的另一側跳了下去，而我隨即又

2. 譯註：月桂、橄欖枝和玫瑰，分別代表著榮耀、和平、敬愛。

將他召回，從身邊的珠寶盒中取出一頂鑲滿鑽石的冠冕——這原本要送給芬妮配戴的——交給他。隨後，班德爾走到那位高貴的天使面前，以主人的名義向眾人宣告，「我不能、也沒有理由接受如此尊榮的儀式，想必其中一定有些誤會。不過，我仍然對當地居民的善意致以由衷的感謝。」語畢，班德爾便取走綢緞托盤上的花環，將鑽石冠冕放在上面，然後彎下腰以無比恭敬的姿勢扶著天使的手臂助她起身。隨後，班德爾用手勢示意神職人員、市長和行政官員離開，誰也不許再來覲見，並要求群眾向左右分開，讓路給馬車通行。處理完這些事後，班德爾跳回馬車，吩咐車夫沿著長滿五彩繽紛野花的綠蔭大道快速駛往城裡，一路上我們仍能清楚聽見隆隆的禮炮聲。當馬車在新宅邸門前停下，我撥開那些渴望見到我、聚集在此看熱鬧的群眾，三步併作兩步衝進屋內。然而，迎接我的市民依舊沒有散去，反而聚集在窗子底下歡呼。於是，我丟出一大把一大把含金量雙倍的杜卡特金幣，如同紛紛落下的雨點般分送給人群。當晚，家家戶戶毫不吝惜地點亮香燭，全城歡天喜地，燈火通明到天亮。

不過，至今我仍然不明白，為何在入城前會受到如此盛大的歡迎，究竟是被錯認成哪位大人物。為此，我派了拉斯克去城裡打聽消息。他回報，當地居民根據可靠的消息，得知英明的普魯士國王將以伯爵的名義經過此地。據說，他們先是認出了我的副官，從而洩露了國王一行人的行蹤。如今，整座城市都沉浸在無比的喜悅之中，因為大家都深信「我」已經造訪了此地。然而，城外的那場驚喜，讓此地市民明白國王相當重視這趟隱姓埋名的巡視，因此大張旗鼓迎接國王的行為是大錯特錯。幸好，國王向來心繫百姓，為人寬大仁慈，必定會原諒他們的魯莽與過分的仰慕之情。

緊緊跟在我身邊服侍的那個流氓騙子覺得這整件事非常有趣，竟然假裝嚴厲責備市民，要他們不要亂傳話，實際上則是在暗地裡煽風點火，想讓單純的人民更加深信這則謠言的真實性。我仔細聽著拉斯克打聽回來的消息，覺得既古怪又逗趣。當他發現我被這場誤會逗得喜不自勝，索性坦承自己煽動群眾的惡行。我應該向眾人坦白事情的真相嗎？即使這整件事根本是一樁大烏龍，但是被錯認為受人尊敬的國王，還是讓我忍不住在心中暗自得意，甚至還有點飄飄然。

於是，我吩咐僕人們，明天晚上要邀請全城的居民來參加一場盛大的晚宴，地點就選在莊園前方有著濃密樹蔭遮避的廣場。憑藉著「無限錢袋」的神奇魔力、班德爾的細心籌備，以及拉斯克的機靈聰敏，我們一起戰勝了時間。我真的非常驚訝，能在短短幾個小時內就將門口的廣場布置得富麗堂皇、美輪美煥，有著吃不完的食物與喝不盡的美酒，同時還有燦爛奪目的燈光照亮整個宴會場地，讓我非常安心。這是一場無可挑剔的晚宴，我對僕人們的表現非常滿意。

傍晚時分，天色漸暗，客人陸續抵達，一一被引薦給我認識。他們不再稱呼我為「陛下」，而是以無比尊敬的恭謙態度改稱我為「伯爵閣下」。我能怎麼辦呢？只能接受這個稱呼，從這一刻起，我成了彼得伯爵。然而，在這場喧鬧奢華的宴會之中，我的靈魂只渴望見到一個人——那位眾所注目、戴著鑽石冠冕、姍姍來遲的絕代佳人。她害羞地站在父母身邊，完全對自己那令人傾倒的美麗渾然不覺。負責引見的本地萬事通向我介紹，這三位是負責管理此處公有林地[3]的首席林務官，以及他的妻子、女兒。我駕輕就熟地從口中吐出許多謙和殷勤的應酬辭令，與這對夫婦寒暄，但是輪到面對他們的女兒時，我卻彷彿變成了被大人責罵的小孩，一個字也說不出來。最後，我結結巴巴地邀請她履

3. 譯註：一八一四年為工業革命的前期，木材仍是非常重要的資源，所以管理林地的林務官在普魯士是高階公務員，常常由軍隊退下來的高級軍官擔任，而且普魯士那時盛行軍國主義，軍官與貴族同屬特權階級。

行髮際上那頂閃耀冠冕所代表的尊榮職責——擔任這場宴會的女主人。她頂著羞紅的臉頰，羞怯而動人地望著我，無聲地懇請我撤回這個請求。儘管我內心的害羞不亞於她，卻依然義無反顧地成為她的第一個臣民，以深深的敬意表示效忠。我這位伯爵的一個眼神，彷彿對所有的賓客下達了命令，每個人立刻跟進，急切地向她致以崇高的敬意。她的尊榮、天真和優雅，再加上美麗，主宰了這場歡樂的慶典。米娜高興到近乎瘋狂的父母堅信，這一切都是出於我對他們的尊敬，才使自己的獨生女受到如此意外的禮遇。我則因為獲得佳人的垂青而樂得沖昏頭，直接下令將我當初用櫃子裡的金山一角所買回來的珍珠、寶石、奢侈品，全部放在兩個有蓋的碗裡，以今晚女主人的名義傳到餐桌上，分發給她的女伴以及在場所有的女士。同時，莊園廣場柵欄旁的僕人們，則徹夜未停地將金幣拋給在外圍歡呼的民眾。

隔天早上，班德爾私下找我談話。他說早就懷疑拉斯克的手腳不乾淨，如今終於得到證實。昨天，他親眼見到拉斯克偷了好幾麻袋的金子。我聽完後回應：「我們就賞賜那個狡滑的騙子一些東西吧！我一向喜歡分享我的財富，為什麼不分一點給他呢？昨天他和你新僱用的那些僕人，既細心又周到地伺候我，還盡心盡力地協助我舉辦晚宴，你們的辛苦我都看在眼裡。」

之後這件事便不了了之，拉斯克仍然擔任莊園的管家，負責管理所有僕役，而班德爾則依然是我最信任的朋友和親隨。班德爾對我那取之不盡的財富已經見怪不怪，從未探究金子的來源。他也深知我的脾性，總是抓住各種機會，替我分享我所擁有的無盡財富，努力花掉那些金子。至於那個臉色蒼白的陌生人，班德爾知道的不多，只曉得主人對灰衣人既恐懼又害怕，因為對灰衣人束手無策，但又不得不依賴他才能解除身上的詛咒，是主人重新過上正常生活的唯一希望。此外，我自己心裡也很清楚，只要灰衣人願意，隨時都能找到我；反之他若不想見我，我再怎麼尋找也無濟於事。於是，我放棄了尋找的念頭，選擇耐心地等待他的出現。

我舉辦的奢華宴會和慷慨作風，起初讓固執的民眾更加堅信他們對我身分的猜測是正確的。但很快地，當地的報紙刊登了一篇文章澄清普魯士國王巡幸此地的消息純屬謠言。不過，當你曾經成為國王，便注定要一直做個國王，而且是最富有、最高貴的國王——人們只是不知道我究竟是哪個地方的國王罷了。至少在我們所處的這個時代，沒有任何理由抱怨君主制度，所以那些從未親眼見過國王的單純百姓仍舊興沖沖地議論著我可能是這國的國王，或是那國的國王。至於我，從頭到尾都只是那位彼得伯爵。

有一次，我結識了一位富商，他曾經靠著惡意倒產來賺錢，後來來到這座溫泉小城療養。他不僅擁有巨大卻有些透明的影子，還因為帶來了大筆財產，受到市民熱烈追捧和崇拜。他熱愛炫耀自己的財富，甚至企圖與我競爭本城「第一富豪」的頭銜。於是，我便請「無限錢袋」稍微施展魔力，與他一決高下。才不過短短的時間，便逼得那名窮鬼為了保住面子，只好再次宣布破產，離開此地，逃到山脈的另一邊。我則繼續坐穩本城第一富豪的寶座。不得不承認，因為我的大手筆，這一帶突然多了不少無所事事的遊手好閒之徒。

儘管我表面上靠著財富展現國王般的排場讓眾人臣服，私底下的生活卻相當平凡簡樸。我謹慎地對所有僕役立下規矩，除了班德爾，沒有任何人能以任何理由踏進我居住的房間。每當太陽升起，我便鎖上門，與班德爾一起待在房裡。我經常如流水般地派遣許多小廝傳遞訊息，處理各種瑣事，這使得眾人認為像伯爵這樣的大人物，整天待在房中必定是忙於處理許多重要的事務。只有在夜晚的樹蔭之下，或是在班德爾精心設計的明亮大廳裡，我才會接見訪客。當我外出，班德爾那雙敏銳謹慎的雙眼會替我考量一切。然而，造訪林務官的庭院是唯一的例外。為了見米娜一面，我會獨自前往，因為感情就是我的指南，衝動就是我的風格。

喔，我善良的夏米索，我希望你還沒忘記什麼是愛情的滋味。許多細節我就不多說了，任由你自行想像。米娜絕對是位能夠讓所有男人心生愛慕、善良又天真的芳華佳人，而我攫獲了她全部的心神。她溫柔謙和的本性，使她無法理解自己究竟有哪一點值得我如此著迷。然而，她以純粹的愛情與青春的活力，真心回應了我的追求。雖然她的年齡尚輕，卻愛得彷如淑女，隨時願意為愛犧牲一切，只為愛人而活，即使因此毀滅也毫不猶豫。而我，就是她的全部。

但是我——喔，那時的我多麼卑劣無恥，實在太卑鄙了！儘管如此，我卻常常回想那段時光。自從第一次從戀愛的狂熱中清醒過來，我便經常靠在班德爾的胸前哭泣，深深地自責。我，一個缺少影子的人，竟然如此陰險、自私，企圖毀掉這樣一個純潔無瑕的天使，欺騙並竊取她那聖潔的靈魂。這樣的內心掙扎不曉得重複了多少次。上一秒，我才下定決心，鄭重發誓不再與她往來，就此遠走高飛；下一秒，我又淚眼婆娑，與班德爾商量如何在晚上偷偷溜去林務官家的院子，與她再次相會。

在那些心情較為平靜、沒有陷入低潮的日子裡，我總會試著說服自己，灰衣人一定會依約造訪，沒有影子的缺陷終究會迎刃而解。有時，我卻又在房裡獨自飲泣，懷疑那救贖的時刻是否真的會來臨。我日復一日數著與那可怕男子再度見面的日子，因為他曾說過「一年又一天之後，他將會再度出現」，對於他宣告的日期，我沒有絲毫懷疑。

米娜的父母是兩位善良可敬的老人，非常疼愛唯一的獨生女。對於我們之間的交往，他們不僅驚訝，甚至一時不知該如何是好。他們從未想過，高高在上的伯爵居然對自己的女兒青睞有加，甚至深深愛上她，而女兒也愛著伯爵。她的母親心懷虛榮，想到能與伯爵攀上關係，便努力促成婚約。至於她那位熟悉人情世故，有著基本常識、頭腦清楚的父親，則沒有這種妄想。不過，他們都深受我們之間真摯的情意所感動，因此除了為女兒的幸福祈禱，別無其他。

我手邊還有一封米娜寫給我的信——沒錯，這就是她的親筆信。我把一部分的內容抄給你看：

我是個柔弱、無知的女子，但是我能想像我的愛人——因為我全心全意地愛著他——絕對不會讓無辜的女孩遭受不幸或折磨。

喔，你是多麼善良、多麼仁厚！但請不要誤解我，你不必為我犧牲，甚至連這樣的念頭都不該有。喔，我的上帝！若是你真的這樣做了，我會恨死我自己。不！你已使我感受到無比的幸福，你已引導我深深愛上你。走吧！我很清楚自己的命運，彼得伯爵不會屬於我，而是屬於全世界。如果有一天，我在某個地方聽見：這是他創建的事業、那是他拚博的功績，這些都是他的特殊貢獻與偉大事蹟；這裡的人們崇拜他，那裡的人們尊敬他，我會為此感到驕傲。

你想想，若我知道你竟然為了一名單純的少女而忘記崇高的使命，我該有多麼生氣。去吧！不然光是這樣想就會讓我更加憤怒。喔！你曾讓我感受到無比的幸福，那是置身天堂般的幸福，如同我獻給你的那只花環。我早已將橄欖枝與玫瑰花蕾編織進你的命運之中。我的愛人，你早已成為我靈魂的一部分，你已走進了我的心房。離我而去吧！——即使在面臨死亡的時刻，我仍然會因為擁有你而感到幸福，只因為這樣確切的愛，一生只有一次。

你可以想像，讀到這些字句時，我的心中有多麼痛苦。我試著向米娜解釋自己並不是大家以為的那種人，雖然擁有無比的榮華富貴，但也是一個不容於世的不祥之人。我和她之間唯一的祕密，就是我身上的詛咒。不過，我對擺脫這份厄運仍抱著希望，因此遲遲沒有告訴她真相。在那段日子裡，日日夜夜折磨我的毒藥、我最害怕的事，就是把她——我生命中唯一的光亮、唯一的幸福、唯一的愛侶——拖進不幸的深淵。為此，我時常心情沉重、悶悶不樂。即使她察覺到了什麼卻也沒問，只是默默流著淚陪我。喔！她是如此深情，如此美好。為了讓我不再傷神難過，她願意為我付出一切，甚至不惜犧牲自己。

然而，她卻遠遠未能正確理解我的話，天真地幻想著，我可能是某個犯了重罪的諸侯，或是遭到流放的落難權貴，她沉醉於初戀的純真美好之中，自行替心上人描繪出一幅幅尊榮高貴的英雄假象。

有一次我告訴她：「米娜，下個月的最後一天將決定我未來的命運——若事情沒有任何改變，我寧願就此死去，因為我不願意讓你跟著我而過著悲慘痛苦的日子。」她聽完後把頭埋進我的懷裡，哭著回應我：「我從來不認為你屬於我。如果你的詛咒解除了，請讓我知道你過得很好；相反地，如果你注定遭受非人的折磨，我更不願和你分開，請允許我陪在你身邊，守候著你。」

「女孩啊，女孩！收回你那些輕率愚蠢的言詞吧！你知道我的不幸嗎？你瞭解這個詛咒嗎？你知道自己的愛人是怎麼樣的人嗎？你知道他究竟是做了什麼，才落到這個地步嗎？難道你沒看見我被重大的祕密壓得苦不堪言，全身抖得像秋風裡的落葉，站在你的面前嗎？」她哽咽著倒在我的腳邊，一邊詛咒一邊發誓，一遍又一遍地重複她的請求。

當首席林務官從屋子走出來，進到庭院時，我立刻轉過身，下定決心與他商量，希望能在下個月一號向他女兒求婚。之所以選定這一天，是因為在那之前可能會發生一些影響我命運的重大事件，即使如此我對他女兒的真心仍然不會改變。

這位善良的老人聽到我想與他結為親家的請求，嚇了一大跳。他激動地抱住我，但很快地意識到自己有些得意忘形，便感到一絲尷尬。隨後，他開始懷疑我的動機，考慮雙方是否合適，並查問我的背景。接著，他提到了嫁妝、生活保障，還有他那獨生女未來婚姻的生活品質等問題。我感謝他提醒我這些事，並告訴他，我在此地似乎受到眾人極大的愛戴，因此決定就此定居，過著簡單的田園生活。我還請求他准許以他女兒的名義購買這一帶最好的田地，並且由我來支付費用。這大概是未來的岳父能從未來女婿口中聽到最美好的請求了。他為此忙了好一陣子，因為一直有位不知名的暴發戶搶先購置田地，最終只購得價值約一百萬元左右的田產。

我請求他幫我這個忙，實際上是個沒有惡意的計謀，單純想打發他離開庭院。我之前也用過同樣的技巧支開他，畢竟不得不承認，我很介意他經常打擾我和米娜的相處。而米娜善良的母親雖然有點重聽，但不像他那樣熱衷於與伯爵閣下攀關係。

就在這時，米娜的母親也走進院子，加入我們的對話。兩位老人家因為找到有錢的理想女婿而開心不已，熱情地挽留我，要我在他們家裡多待一會。然而，我已無法再多留片刻，因為地平線上已隱約露出月亮升起的微光——我的時間到了。

第二天晚上，我再次來到林務官的庭院與米娜約會，身上披了一件寬大的斗篷，將帽簷壓得非常低，幾乎遮住我的眼睛。我走向米娜，當她抬頭看向我時，我敏感地察覺到她臉上閃過一抹不自然的神色，立刻讓我想起那個與芬妮在一起、被月光揭露我沒有影子的夜晚。眼前的情景讓我有很強烈的既視感——難道米娜已經看穿我的祕密了嗎？她不發一語，若有所思，而我的胸口則像壓著一塊大石頭，幾乎喘不過氣。我想站起來走動透氣，她卻突然撲進我懷裡，低聲抽泣。我終究狠下心推開她，垂頭喪氣地離去。

自那天起，我們每次見面，米娜總是黯然垂淚。看著她這副模樣，我心中的苦澀便越加濃烈，因為我們的未來似乎變得越來越晦暗莫測。而米娜的父母卻是一日比一日開心，深深沉浸在即將與伯爵結親的狂喜之中。隨著那個可怕的日子越來越近，我感受到一股暴風雨來臨前的寧靜，一年來的擔憂與恐懼升至頂點。總算來到約定的前一天晚上，我幾乎緊張到喘不過氣，事先從「無限錢袋」裡取出幾箱金子放在一旁，張大眼睛，保持神智清醒來等待午夜十二點的降臨——終於，鐘聲響起。

我坐在那裡，視線一刻也離不開時鐘，眼睛一眨也不眨地盯著秒針、分針，每當指針輕輕動一下，我的心口便猶如刀刺般劇痛，周遭的任何聲響都會讓我嚇得跳起來。天亮了，一個鐘頭過去了，又過了一個鐘頭，我的心情越來越沉重——白晝、黃昏，終至黑夜，就這麼悄然溜走。指針不停轉動，我心中希望的火苗越來越微弱。時鐘敲了十一下，什麼也沒發生。直至今天最後一個小時的最後一分鐘也過去了，仍然什麼事都沒有。時鐘敲了十二點鐘的第一響，到了最後一響我抱頭痛哭，雙肩不斷抖動，最終絕望地倒向床鋪。明天，我該如何在永遠沒有影子的狀態下，與我的意中人攜手共度？黎明來臨前，長時間緊繃的情緒突然鬆懈下來，即使心中依然驚懼，卻再也抵擋不了沉沉的睡意，我閉上眼睛進入了夢鄉。

CHAPTER

5

終究是個「缺影之人」

他取出「我的影子」，

熟練地將它攤開在石楠荒原上，

輕輕放在腳邊，

向我展示「我的影子」如何順從他的指揮，

勉強而吃力地模仿著他的一舉一動。

隔天一大早，我便被前廳傳來的激烈爭吵驚醒。我傾耳細聽，才發現是班德爾擋在門口，而拉斯克則激動地叫囂咒罵。他不顧一切大吵大鬧，拒絕聽從同屬僕役階級之人的命令，堅持要闖入我的房間。即使他如此不知分寸，班德爾仍然好心提醒，這種話要是被伯爵聽見，可能會失去這份待遇豐厚的工作。拉斯克則揚起拳頭威脅，班德爾要是再繼續擋在門口，他可就不客氣了。

我衣服才穿到一半，無法抑制怒火，猛地打開房門對拉斯克大吼：「你這個無賴，想做什麼？」他向後退了兩步，臉色冷淡地回應：「伯爵閣下，莊園中庭的陽光正好，我謙卑地請求您到那裡散步，讓我看看您的影子。」

剎那間，我如同遭受到雷擊般整個人僵在原地，動彈不得。過了好一會兒，我才用盡全力擠出幾個字：「僕人怎麼可以命令主人做……？」然而他冷酷地打斷我：「僕人也有高尚的榮譽感和正直的品格，更有權拒絕服侍沒有影子的主人。從現在起，我正式向您辭去管家的職位。」我不得不換另一種口吻勸他：「但是，拉斯克，親愛的拉斯克，究竟是誰讓你有這種異想天開的想法？你怎麼會以為……？」他繼續用冰冷的語氣回答：「有人告訴我，您沒有影子，事情很簡單，要麼您把影子給我看，要麼，您就解僱我。」

班德爾在旁目睹一切，氣得全身發抖，臉色泛白，但依然比我冷靜、比我思慮周全。他悄悄使了一個眼色，於是我再次仰賴萬能金錢的庇護，迅速拿出大把的金幣，試圖讓拉斯克回心轉意。然而，連金幣也失去了往日的魔力，他不屑地將金幣扔在我腳邊，接著說道：「我拒絕接受『缺影人士』的任何賞賜。」語畢，他戴上帽子，轉身吹著口哨，悠然走出我的房間。我和班德爾則如同兩尊石像，呆立在原地，茫然目送他的背影漸行漸遠，直到消失不見。

我心如死灰，重重嘆了口氣，被迫履行自己之前的誓言，收回向米娜父親提出的婚約。我抱持著像個囚犯走入法庭面對審判般的沉重心情，再度造訪林務官的庭院。走下幾級階梯，我踏進那座光線昏暗的涼亭——這地方正是以我的名字命名——我知道米娜一家人必定在那裡等候。當米娜的母親見到我，便露出燦爛的微笑，毫無所覺地起身迎接；而米娜則坐在母親身邊，緊繃的小臉略顯蒼白，卻無損她羞花閉月的美貌。她彷若北國初秋的第一片雪花，輕輕吻上凋零的花瓣，卻在傾刻間化作悽慘的泥水，沿著顫巍巍的瓣尖滴落。首席林務官則未曾坐下，焦急地沿著涼亭繞圈，手裡握著一張不知道寫了什麼的紙條，那平常面無表情的臉上，時而泛紅，時而慘白，顯然正在努力壓抑心中的怒氣。我一踏進涼亭，他立刻朝我走來，欲言又止地請求我跟隨他穿過陽光燦爛的花園小徑，到離涼亭不遠的空曠處單獨談話。聽了他的請求後，我不發一語地坐在原地，一動也不動。我們之間陷入了長時間的沉默，連米娜單純無知的母親也不知該如何打破這個僵局。

時間一分一秒地過去，首席林務官依舊在涼亭裡來回踱步，他的步伐越來越凌亂，顯示內心正陷入一場天人交戰。終於，彷彿下了極大的決心，他的雙腳停在我面前，再次瞧了一眼手上的紙條，然後以探究的目光，小心翼翼地問道：「伯爵閣下，您認識一位名叫彼得・施雷米爾的人嗎？」

我沉默不語。

「他是位具有高尚品格和非凡才華的人……」

「要是那個人是我呢？」

「那個人，失去了影子！」他立刻激動地補充道。

「喔，我就知道，我早就知道了！」米娜突然大喊，「我早就知道他沒有影子！」接著撲進母親的懷裡，她的母親驚慌地緊緊摟住她，責備她怎麼將如此不祥的祕密藏在心裡，這才導致今天這個局面。米娜淚流滿面，哭得宛若希臘神話裡的阿蕾圖莎[1]，每聽到我的聲音，她的眼淚就如噴泉般湧出；而當我靠近時，她的淚水更是像瀑布般傾瀉而下。

「而您……」首席林務官憤怒地再度開口說道，「您竟然如此厚顏無恥，毫不顧忌地欺騙我們一家人？您還假裝愛上米娜，把她也拖下水！看看她哭得多麼傷心。哎！您真是太卑劣了！太卑劣了！」

此時我已經完全失去理智，開始胡言亂語：「不就是少了一個影子，一個影子罷了！一個人沒有它也絲毫不損及他的本心，何必為了這種事大驚小怪。」然而，連我自己也都察覺到，這番辯解在當今世上是多麼蒼白無力。我未等他回答便沉默了下來，不過最後還是忍不住補充了一句：「曾經擁有過的物品，如果不小心遺失了，其實都有失而復得的可能。」

他繼續滿腔怒火地質問：「閣下，那麻煩告訴我，請您好好說清楚，您到底是怎麼把影子弄丟的？」眼前的情勢逼得我只能再度說謊：「之前有位又高又胖的傢伙，重重地踩到了我的影子，把它扯出了一個大洞。我只好把影子送去修補，雖然要花費不少金幣，但對我來說不成問題。依照約定，昨天應該就可以把影子取回。」

「好，這樣很好，閣下！」首席林務官回答道，「這段時間您對我女兒的殷勤追求，我都看在眼裡，但是除了您，她還有其他的追求者。我身為父親必須為她的將來做打算。我給您三天期限取回影子，若是三天內能帶著完整的影子來訪，我將會一如既往迎接您。但到了第四天，您還是連一張影子都沒有，請別怪我沒事先提醒，我的女兒將會成為別人的妻子。」我本來想再跟米娜說幾句話的，但她只是緊緊依偎在母親懷裡抽泣不已。她的母親用眼神示意我該離開了。我蹣跚地走出林務官的住處，覺得自己彷彿被整個世界遺棄。

---

1. 譯註：阿蕾圖莎（Arethusa）原本是位年輕漂亮的獵人，不想和任何男人有所牽扯。有一天，她打完獵在河裡沐浴，河神阿爾菲（Alpheus）見到她驚為天人，於是展開熱烈的追逐，但她一心只想逃走。最後阿蕾圖莎逃得筋疲力盡，只得向狩獵女神，同時也是司管純潔的阿緹密斯（Artemis）女神求救。女神將阿蕾圖莎變成了一道清泉，並劈開地面，讓她由希臘漂流往西西里島，上升到地面後變成了一座噴泉。

為了躲開班德爾緊迫盯人的關懷，我沒有回到住處，而是毫無目的胡亂行走，穿過了森林和農田。冷汗不斷從額頭滴落，胸口有如被鈍物重擊，憤怒、慨然、仇恨和焦急如潮水般湧上，幾乎讓我瘋狂。

烈日當頭，我不知道自己走了多久，眼前的景色成了毫無遮蔭的石楠荒原[2]。就在這時，突然有人拉住了我的衣袖。我停下腳步，四處張望，赫然發現正是那位灰衣人。他上氣不接下氣地跟在我後面，似乎四處找了我許久。他開口抱怨道：「我曾經與您約好今天碰面，結果您卻等不及了。還好，現在一切都還來得及。聽從我的勸告，把您的影子交換回去，它已經急著想回到主人身邊聽命行事了。一旦拿回影子，再趕回溫泉小城，便能阻止一切，首席林務官絕對會再度歡迎您。之前發生的種種，不過是一場笑話。至於那位背叛您、企圖奪走您未婚妻的拉斯克就交給我。這種壞得透頂的傢伙，差不多該跟我走了。」

我恍若在夢中，呆呆站在原地。「今天才是約定的……？」我再重新算了一下時間——他說得沒錯，我老是算錯一天。隨後，我用右手取出胸前的「無限錢袋」，他似乎猜到我的心思，沒有伸手接過，反而倒退了兩步，開口道：「不，伯爵閣下，這『無限錢袋』在您這裡是再適合不過了，請您留著吧！」我用驚訝而帶點疑惑的目光看著他，他又接著說：「我僅懇求您一件小事，作為我們相識的紀念。您向來都是有求必應的好好先生，請在這張紙上簽下名字吧！」他手裡的羊皮紙上寫著：

本人同意在靈魂和身體自然分離之後，將靈魂贈與持有本人親自簽署的此

---

2. 譯註：石楠荒原（Heide），乾燥的不毛之地，低矮灌木叢為主的植被景觀為其特徵。

份文件之人。

正當我的目光在文件和灰衣人之間游移不定，他不慌不忙地掏出一支剛削尖的羽毛筆，沾了沾我先前被荊棘刺破的手指所流出的鮮血，將筆遞給我。

「您到底是誰？」我終於忍不住問出口。

「問這個做什麼？」他答道，「您到現在還看不出來嗎？我就是傳說中那個可悲、可嘆又可憐的魔鬼。世人經常以為我是學者或醫生之流[3]，當他們受到我高超的醫術或豐富的學識幫助後，對我卻沒有多少謝意。所以，我在人世間，除了偶爾靠試探人性打發時間，就沒有其他樂趣了。回到之前的話題，請在這裡簽名，右下角，簽上您的名字——彼得·施雷米爾。」

我搖了搖頭，轉身答道：「不好意思，閣下，我拒絕簽字。」

「您不肯簽？」他萬分詫異地重複一遍，「為什麼不肯簽呢？」

「我對於用靈魂交換影子的提議充滿疑慮。」

「嗯……嗯……」他重複著我的話，「充滿疑慮啊。」接著，他看著我哈哈大笑地說：「那麼，我反問您，靈魂是什麼？您可曾見過它？一旦死去該如何安置它？您應該慶幸活著的時候，有收藏家願意用實際又神奇的寶物來購買這虛無飄渺的靈魂——就像近期有些學者宣稱發現的電流和磁力[4]，這些東西看不見、摸不著，而且沒人知道這兩種愚蠢的東西有什麼用處——回到我們之

3. 譯註：在中世紀，當一個人生病，往往被認為是沾染罪惡的緣故，因此需要到教堂尋求治療與答案，若接受教堂以外的療法或學習非教堂傳授的知識，則很容易被教會妖魔化。

4. 譯註：第一次工業革命起於一七六〇年，持續到一八三〇到一八四〇年間。本書寫於一八一四年，屬工業革命早期，首次將人類帶到「電力的時代」，當時人們對電力還相當陌生。至於磁力，人們當時只認識到其來自正極與負極之間的差異所產生的能量。這裡，電流和磁力被引伸為人類的靈魂，是各種情緒衝突的核心所在。

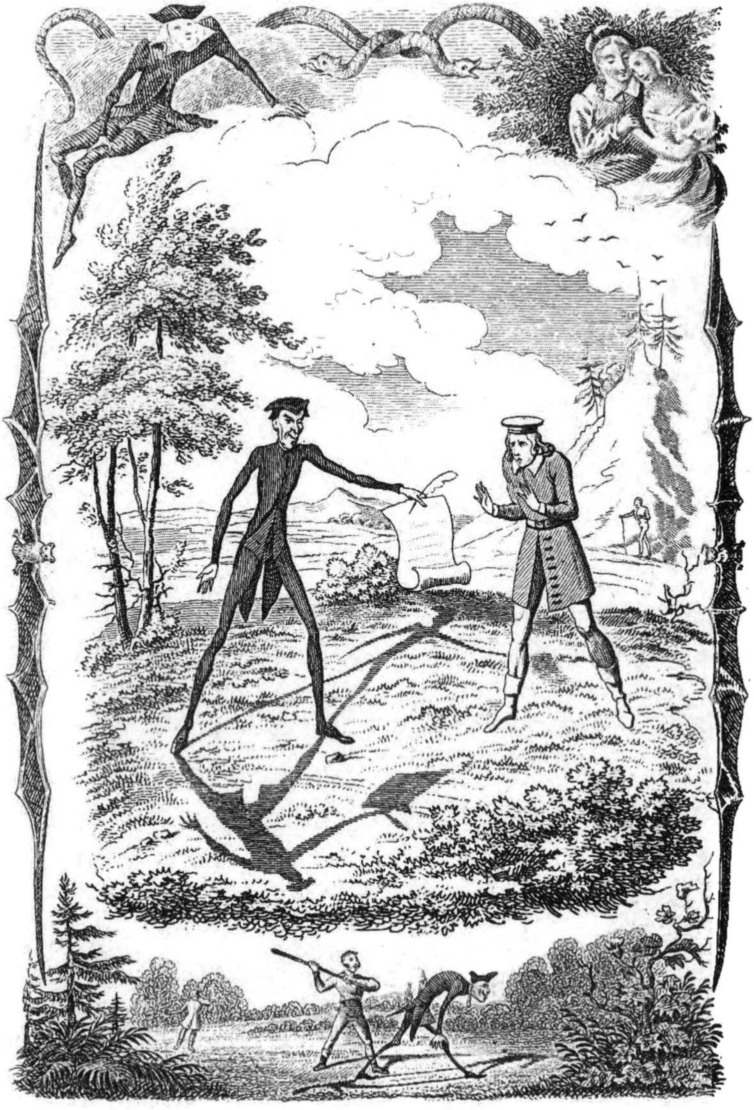

Peter Schlemihls wundersame Geschichte
—————— 彼得·施雷米爾的奇幻之旅 110

前的話題，交出靈魂拿回影子，您就可以回到所愛之人身邊，實現所有願望。難道，您情願讓那可憐的少女挽著卑鄙無恥的拉斯克的手，嫁給那個惡棍度過一生？不，您絕不能讓這種事發生。您必須親眼看看事情到底進展到什麼地步，讓我把隱身斗篷[5]借給您。」他從神奇的口袋取出一個物品，「請您靠過來一點，這樣斗篷才能同時遮住我們倆。現在，讓我們一起徒步朝聖，前往首席林務官的庭院，隱身躲在一旁觀看這場好戲吧！」

我不得不承認，這名男子的嘲弄讓我感到無比屈辱，也激起了我對他的深深厭惡。我相信，自己之所以拒絕簽字，不肯拿回那能夠讓我重回人群的影

---

5. 譯註：隱身斗篷如同第三章的惡龍法夫納，出自由《尼伯龍根之歌》中，齊格弗里德（Siegfried）從守衛尼伯龍寶藏的矮人阿爾貝里希（Alberich）身上獲得了隱身斗篷。在《尼伯龍根之歌》中的「Kappe」在中世紀早期的德語中指的是「斗篷」，而在現代德語中則是指「帽子」。

子，並非出於什麼原則或偏見，而是因為我打從心底討厭他。僅僅想到他那裝熟的樣子，與我稱兄道弟，還提議一同前往林務官家中關心米娜，我就無法忍受。這個邪惡的魔鬼、這個愛嘲弄人的討厭鬼，竟然玩弄兩顆血淋淋、破碎的心。我腹中翻騰的怒火直衝腦門，決定把目前的悲慘遭遇，當作是命運的安排，就像板上釘釘無法改變。我回過身詢問灰衣人：「閣下，我曾經把影子賣給您，換取了法力無邊的『無限錢袋』，但這樁交易已讓我後悔莫及。以上帝之名，請問能夠取消這筆交易嗎？」他的臉瞬間變得陰沉，渾身散發出一股陰鬱晦暗的氣息，他搖了搖頭，表示不可能。我繼續說道：「憑著上次的經驗，即使這次是為了拿回影子，我也不想再把屬於我的任何物品賣給您。我不打算簽署這份契約。對於窺探他人隱私的邀請也不感興趣。想必您從這場試探中得到的樂趣比較高。抱歉，我的主意已定，讓我們就此分別吧！」

「施雷米爾先生，我把您當作朋友，才會提出這筆新交易，想不到您竟如此固執拒絕了我的好意，為此我無比遺憾。但是，也許下次您會改變心意，我相信我們很快會再見的。對了，要是您不趕時間，或許會想看看我靠以物以物得來的收藏品，我一向都非常小心地保存這些無價之寶，以免發霉或毀損。」

語畢，他便把手伸進口袋取出我的影子，熟練地將它攤在石楠荒原上，輕輕放在朝著太陽方向的腳邊，這樣他才能夠在我的影子與他的影子之間隨意移動。他還特意多走幾步，展示我的影子如何乖乖聽從他的指揮，勉強而吃力地配合他的一舉一動。

過了這麼久，我終於再度見到我那可憐的影子，眼睜睜看著它唯唯諾諾服侍著這個可惡的魔鬼。我的心碎成一片片，忍不住痛哭失聲，酸楚的眼淚一顆一顆地從眼眶滑落，我陷入不可言喻的煎熬之中。而眼前這可惡的傢伙，帶著從我這裡奪去的影子，趾氣高昂地來回踱步，然後，恬不知恥地再次向我提出那筆交易：「您可以再度擁有這張影子，只要大筆一揮，您就能以令人景仰的伯爵身分，把可憐、不幸的米娜，從那個無賴的魔爪中拯救出來，再度將佳人擁入懷中——就像我剛才所說的，只要簽個字。」僅管眼淚狂流不止，但我卻狠下心來，揮手請他離我遠一點，然後轉身準備離去。

這時，班德爾終於出現了，他在家擔心受怕，四處打聽我的消息，千辛萬苦找到這裡來。這位忠心又單純的親隨，當他見到我臉上涕淚交零，又看著我的影子受到那個奇怪的灰衣人控制（他是不可能把我的影子和魔鬼的影子搞混的），立刻決定，即使必須動武也要把屬於主人的東西奪回來。不過，班德爾不知道該如何才能索回那張輕柔纖細的影子，卻也不打算與灰衣人廢話。他直接大聲斥罵，命令灰衣人把屬於我的東西交出來。灰衣人一言不發，淡定地轉身離開，班德爾見狀更是氣到揚起隨手攜帶的狼牙棒，緊追著灰衣人，再三嚴厲地命令灰衣人交還影子。我在一旁看著他繃緊手臂的肌肉，不斷揮舞狼牙棒痛打灰衣人。不過，灰衣人彷彿非常習慣這種待遇，躲都沒躲，只是低下頭、縮著肩，穩穩踏著堅定的步伐，往石楠荒原的深處走去，順便也把我的影子和忠心的親隨一起帶走。許久之後，我聽到遠處的曠野傳來些許低沉的聲響，隨著我們之間的距離越來越遠，大地又變得悄然無聲。而我，就如同碰見魔鬼之前一樣，獨自與悲慘的命運相依。

CHAPTER

6

灰衣人的糾纏

他帶著撒旦般的微笑凝視著我，

隨即拉過隱身斗篷，

將我和他一起籠罩其中。

這可怕的魔鬼貼著我的耳畔低聲說道：

「您終究還是接受了我的邀請……」

我孤零零地站在這片荒涼的石楠曠野之中，內心的虛弱伴隨著眼淚流了下來，稍稍舒緩了胸前無名的壓迫。然而，我該如何面對今後無止盡的折磨、無邊際的黑暗，還有無念想的未來呢？我絕望地抓住一根浮木，甚至在神智不清的狀態下，啜飲著那名神祕男子新撒在我傷口上的毒藥。我想起了米娜，她仍然如同我最後一次見到她、受到羞辱時的樣子，白著臉、含著淚，如此美好可人。此時，拉斯克帶著獰笑、滿臉嘲諷的幻影從我們之間升起，硬生生地將我們分開。我無法忍受眼前的景象，掩面跑開，但無論怎麼跑都甩不開這個可怕的幻象。我一直跑，一直跑，直到喘不過氣來，跌跌撞撞地倒在地上，臉上的淚水變成了一條蜿蜒不斷的河流。

這一年多來我承受的所有磨難，歸根究底不過就是少了那張影子。只要我大筆一揮，影子便能物歸原主。此時，我再次認真思考魔鬼的那筆交易，以及我那異常堅定的決定。最近實在發生了太多事，我的腦袋有如一團漿糊，無法好好思考，失去了正常的判斷力。

白晝燦燦的時刻，餓了就摘些野生的果實充飢，渴了則啜飲附近的山泉止渴。隨著沉沉的夜幕降臨，累了就找棵大樹的根株窩著過夜，才一閉上眼睛便陷入夢鄉，夢中的我變得非常虛弱，整個人像是油盡燈枯，喉頭發出瀕死者特有的「嗄嗄嗄」聲響，直到清晨被冷冽的露水驚醒才停止。此時，我莫名地想到班德爾。他大概已經失去了我的下落，其實這樣正合我意，因為我現在對人充滿恐懼，還沒準備回歸文明。我寧願像容易受驚又膽怯的山林野獸，躲在荒郊野外，餐風露宿。我就這樣提心吊膽地度過了三天三夜。

第四天早晨，我穿越山林，來到以砂質土為主的廣袤原野。前方有一堆凌亂的石頭，這幾天下來我已愛上日光浴，於是隨意挑了一塊平坦的大石頭躺下，讓我的身軀盡情享用這長久以來被剝奪的陽光。然而，我的心靈則以苦澀的空虛與悲愁果腹充飢。這時，耳邊傳來了一陣細碎的聲音，我心頭一緊，迅速起身搜尋聲音的來源，準備在危險時隨時逃跑。然而，四周一片空盪什麼也沒有，倒是地上閃閃發亮的砂子表面，快速掠過了一張類似人形的影子，這張影子與我的影子有那麼點像，似乎與它的主人走散了，獨自在曠野之中行走。

我心裡湧起了一股強烈的衝動：影子，你正在尋找新主人嗎？我願意做你的主人！於是我向它撲了過去，企圖將它占為己有。心中盤算著，只要能踩住影子的一絲半角，它便會慢慢轉移到我的腳邊，牢牢依附在那裡，隨著時間過去，逐漸適應我的舉止，最終變成我的新影子。

我才追了幾步，影子就迅速從我面前逃開了。我不自主地加快腳步，奮力追趕那個輕飄飄的逃犯。越是追趕影子，我心中的渴望便越強烈。一想到只要抓住它，就能夠擺脫當前悲慘的命運，我的雙腳彷彿踩著風火輪般窮追不捨。它改往遠處樹林的方向逃竄，要是它跑進林子裡，我一定會追丟。那種到手鴨子可能要飛了的恐懼快速地掠過心頭，令我心中對於影子的渴望更加熾熱，雙

腳有如長了翅膀，繼續緊追在後。隨著距離逐漸縮短，我更是鐵了心非抓到它不可。就在此時，影子忽然停下了腳步，倏地轉過身來面對我。此刻，我宛如一隻瞄準獵物已久的獅子，整個人猛然撲了過去，準備牢牢攫住這無主的影子。然而，出乎我意料地「碰」的一聲，竟撞上一具硬實的軀體，瞬間感受到肋骨迎上了前所未有的重擊力道。攻擊我的似乎不是人類。

被擊中後，我又驚又痛，直覺反應便是瘋狂反擊，然後拚命收緊雙臂，不讓身前的隱形活物有機會逃脫。它掙扎得非常劇烈，力道之猛讓我們雙雙失去平衡，跌在地上。這時，我才得以看清楚壓在我身下的形體。

電光火石間，我似乎明白了整件事情的來龍去脈。這位陌生男子剛剛帶著「玄妙鳥巢[1]」穿過曠野。這項寶物雖然能讓他隱去身形，卻無法隱藏他的影子，直到我將他撲倒在地，「玄妙鳥巢」才從他手中飛出，讓他原形畢露。想到這裡，我的目光有如老鷹搜捕獵物般四處游移，一發現「玄妙鳥巢」的影子，便再度猛地跳起撲了過去，我非常得意沒有錯失這個寶貴的戰利品，因為此刻我不僅隱去了身軀，也沒有影子。

陌生男子擺脫了我的壓制，迅速站了起來，四處張望，尋找那個無故攻擊他的神經病。然而，在這豔陽高照的遼闊平原上，既沒有其他人，也找不到任何一張影子。他特別關注這一點，但當意識到周圍連一個影子也沒有時，不由得害怕起來。我站在一旁靜靜看著他，猜想他之前可能沒時間注意、也不可能猜得到，攻擊他的人根本沒有影子。過了一陣子，陌生男子終於接受了這位襲擊者憑空消失的事實，氣得呼天搶地，捶打自己，甚至激動到拉扯頭髮，嘴裡

1. 譯註：玄妙鳥巢（das unsichtbare Vogelnest），在德國民間傳說中，只有在鏡子或水中偶然才能找到，攜帶它的人能隱形。

不斷咒罵。此時，我緊緊抓著搶奪而來的寶貝，意識到自己現在有了新的機會，也非常樂意再度回歸文明社會。經歷了一年多非人的生活，我不乏藉口來掩飾這場卑鄙的掠奪；更準確地說，我認為如果放過這個「玄妙鳥巢」，那才是天理不容。為了逃避搶劫是否符合道德標準的自我審判，我不敢看向那位可憐的受害者，於是頭也不回地逃離事發現場。即使我已經走了很遠，經過了很久，依然能聽到身後那個陌生男子驚恐氣憤的叫罵聲。至少當時我覺得整件事情的經過大約是如此。

我迫不及待想要再度拜訪首席林務官的庭院，親眼見證那個可恨的魔鬼所轉述的一切，但我不知道自己身在何處，慌慌張張爬上附近的小山，想要搞清楚東南西北。站在山頂上，我看到溫泉小城就在不遠處，山腳下就是首席林務官的庭院。我的心臟撲通撲通地跳著，雙眼流著別於這幾天的淚水，思念的淚珠滴滴答答落下，我又可以再次見到她了。我無法壓抑心中的渴望，心情雀躍地三步併作兩步，沿著最短的小徑下山。路途中，我隱身經過幾位出城耕種的農民，聽到他們在談論關於我、拉斯克和首席林務官的流言蜚語，但我不想多聽，急忙越過他們，繼續往前趕路。

我懷著既期待又怕受傷的心情走進庭院，這時正前方傳來一陣得意的笑聲，嚇得我打了一個冷顫。我順著聲音望去，卻沒有看到任何人影。我繼續往前走，身旁似乎傳來有人與我同行的腳步聲，不過四周依舊空空如也，想必是我聽錯了。天色尚早，沒人坐在彼得伯爵那個涼亭裡，花園也空無一人，我沒有停下腳步，而是穿過熟悉的小徑，走到了宅邸前方。那個幽靈般的足音，仍然響亮又清晰地緊隨著我。宅子大門的正對面放了張適合做日光浴的長椅，我戰戰兢兢地坐下，此時彷彿聽到跟蹤我的幽靈輕哼一聲，接著在我身旁坐了下來。空洞透光的鑰匙孔，此時插入了一把鑰匙，隨著門鎖轉動，大門敞開，首席林務官手上拿著一疊厚厚的文件從家裡走了出來。我突然一陣頭暈目眩，無意識地向身旁看去，頓時被嚇得魂都快飛了。那個灰衣人居然坐在我的身旁，帶著撒旦般的微笑望著我，隨即拉過隱身斗篷，密不透氣地遮住我和他自己。遮好之後，他漫不經心地玩弄著那捆非常眼熟的羊皮紙，兩腳頂端靜靜躺著他和我的影子。當首席林務官忙著翻看手裡的文件，在涼亭內外走來走去的時候，可怕的魔鬼欺身向前，附在我的耳邊悄聲道：「您到底還是接受了我的邀請，所以我們現在才會一起披著隱身斗篷坐在這裡。別怕！該把『玄妙鳥巢』還給我了，因為您已經不需要它了。像您這種誠實高尚的人，絕對不會長期占有屬於我的寶貝。用不著感謝我，我向您保證，我是誠心誠意將『玄妙鳥巢』借給您使用的。」我根本無力做出任何反應，只能楞楞地看著他從手裡拿走「玄妙鳥巢」，放回神奇口袋，再次以極盡嘲諷之能事地狂笑，聲音大到引起了首席林務官的注意，他滿臉困惑地四處張望尋找聲響來源，而我則是呆若木雞地坐在原地。

「想必您也發現了，」他接著說：「隱身斗篷的法力比較強大，它不僅能夠隱藏人類的身體，也能隱藏人類的影子。當然，它高興的時候，還能隱藏更多的東西。瞧！今天早上這頂斗篷就隱藏了您的身軀和附在我腳下原本屬於您的影子。」他又笑了起來：「這次我教您一件事，施雷米爾。人最初因為有所堅持而不想做的事，最後必定會逼迫自己去做。我仍然認為您會從我這裡買回影子，並且奪回屬於您的新娘。現在一切都還來得及，我可以馬上叫人把拉斯克送上絞架，收了他的靈魂，只要不缺繩子，對我們來說這是件輕而易舉的小事。聽著，若是您答應這場交易，我還可以把這頂法力強大的隱身斗篷送給您。」

米娜的母親這時從宅邸大門走出來，並且跟米娜的父親討論起來。

「米娜在做什麼？」

「她在哭。」

「多麼天真無邪的孩子！事情發展到這個地步，已經覆水難收了。」

「這我知道，但是……讓她現在立刻就嫁給另一個人。唉！孩子的爸，你對自己的孩子太殘忍了。」

「不，孩子的媽，你沒看清楚事實，就因為米娜還是個孩子，才會幼稚到為這種事情哭泣。一旦她發現自己即將成為一位既富有又值得尊敬之人的妻子，很快就會為此深感欣慰，從不切實際的愛情中醒來，滿心歡喜不再為失戀所苦，轉而深深感謝上帝和我們。等著吧，這一天很快就會到來的。」

「願上帝保佑！」

「當然，她現在已經有一份豐厚的嫁妝，但是自從那樁引人注目且離奇的不幸事件發生後，你認為除了拉斯克閣下，我們還能迅速地替她找到一位這麼合適的結婚對象嗎？你知道他有多少資產嗎？他在這一帶沒有任何債務，用現金購買了價值六百萬的田產。我手中握有的這些文件，證明了他就是那位處處搶在我前頭置產的神祕人物。除此之外，他的皮夾裡還放著湯瑪斯・約翰的三百五十萬元期票。」

「想必他偷了很多錢。」

「不要再說這種話！他只是精明地將反正會被浪費的錢先存起來罷了。」

「他當過僕人啊！」

「說什麼傻話，他有一個結結實實的影子啊！」

「你說的沒錯，可是……」

灰衣人眼帶嘲諷地看向我，宅邸大門再次開啟，米娜走了出來，全身無力地靠在侍女的身上，晶瑩剔透的淚珠滑過她那美麗蒼白的臉頰。她坐在一張放在菩提樹下、專門為她準備的沙發上。父親拿了張靠背木椅坐在米娜身邊，溫柔地握住她的手，卻讓米娜哭得更加厲害。然而，父親還是堅決地以哄小孩的語氣說道：「你是一個好孩子，也是我最疼愛的女兒，你很快就會恢復理智，不再讓你年邁的父親傷心。我只希望你每天都能開心快樂。我知道，我什麼都知道，心肝寶貝，之前發生的事讓你悲痛欲絕，不過還好你從這件醜聞全身而退。在我們揭發這無恥的騙局前，你曾經深深愛著那個無恥的騙子，你瞧，米娜，我很清楚你們之間的感情，我並不會為此責怪你。乖孩子，在將他也視為大人物的那段期間，我也很喜歡他，想必你也發現了，如今事過境遷，已物是人非了。唉！就連貴賓犬也有自己的影子，而我可愛的獨生女竟要嫁給那樣的人……不，你也不要再想他了，聽著，米娜，現在有位能堂堂正正走在太陽底下的男子要娶你，一位值得尊敬的人，雖然他不是公侯出身，卻有一千萬元的身價，比你的財產多十倍，能夠許給我的掌上明珠一個幸福美滿的未來。什麼都別說了，聽話，當個乖巧的好女兒，讓你慈愛的父親照顧你，不再害你傷心流淚。答應我，嫁給拉斯克閣下，好嗎？你一向都是那麼乖巧又聽話，能夠保證接受他的求婚嗎？」

她了無生氣的答道：「從此刻起，我的人生已無任何希望，也失去了夢想。關於我的婚事，就請父親全權做主吧！」與此同時，僕役通報拉斯克閣下來訪，但米娜一家尚未準備好接待客人，拉斯克就堂而皇之走了進來。米娜在這一刻因心情過度激動而暈了過去。我那可恨的夥伴義憤填膺地望著我，湊到我的耳邊低語：「您怎麼能忍受這些事呢？難道在您的血管奔流的不是血液嗎？」他很快地在我的手上劃開一小道傷口，鮮血滲出並流淌而下。他繼續說：「看來您還是有血有肉的男子漢。那麼您就簽名吧！」我無意識地接過了羊皮紙和羽毛筆。

CHAPTER

7

離開溫泉小城

我縱身跨上馬鞍，

隨著夜色離開了埋藏傷心的小城鎮。

此刻，

無論馬兒帶我去哪裡，

我都不在意，

在這世上，我已沒有了目標、夢想和希望。

親愛的夏米索，我很清楚自己做了什麼，你直言不諱的批判，我照單全收，因為我的良心早已受到了譴責，所以我對自己做出了最嚴厲的判決。漫漫人生中的這個重大時刻，常常盤桓在我心頭。我總是忍不住抱著深切的懷疑、謙卑和懺悔，反覆審視當時的一行一言。親愛的朋友，任何人若是輕率地偏離正確的道路，便會不知不覺地落入歧途，不斷墮落。即使在最黑暗的時刻，指引方向的北極星仍在夜空閃爍，那也無濟於事，因為他早已身不由己，無力阻止一而再、再而三的沉淪，直到將自己獻給涅美西斯[1]為止。我馬馬虎虎地做了決斷，詛咒就降臨在我身上。我為了愛情犯下了罪，強行改變了另一個人的命運，播下了毀滅的種子。除了不顧一切地趕緊拯救陷落的無辜之人，我還能怎麼辦呢？我不能再猶豫了，時間不多了，我必須有所行動。親愛的阿德爾伯特[2]，別把我看得那麼卑鄙，不只嫌棄換回影子的價錢太高，還吝嗇得不肯再交出屬於我的任何物品，我對自己的黃金都沒有如此吝嗇。不！阿德爾伯特，你是知其然，卻不知其所以然。我對那位使用種種邪門歪道、鬼鬼祟祟的神祕怪客，已到了厭惡至極的地步。也許我對他的評價不夠客觀，但只要他出現在身邊，就能瞬間點燃我的怒火。這個足以影響我一生的緊要時刻，就如同突發事件主導了世界歷史的走向一樣。其實，我的人生經歷也一直如此，所以在過了很久很久以後，我終於原諒了我自己。首先，我學會尊重天意不可違，坦然接受必然性所引發的種種意外，事與願違才是人生；再來，我學會了臣服於這種必然性，將其視為老天的安排，芸芸眾生只是這巨大機器中的一顆小齒輪，任憑世間無情的擺布，受到天意的驅使。不同的齒輪互相咬合轉動，所有會發

---

1. 譯註：涅美西斯（Nemesis），是希臘的正義女神，職責是對犯罪的人加以懲罰。
2. 譯註：阿德爾伯特（Adelbert）為作者夏米索的名字，有高貴、有名的意思。

生的事終究會發生。我認命地接受自己的命運，也接受她的命運，這都是因為與我有所交集才改變的。這一切都是天意，結局終已注定。

我不曉得是否該歸究於長時間的精神緊張，還是情緒過度激動，又或者是數日來的飲食匱乏導致體力透支，也可能是受到灰衣惡魔不斷的糾纏，耗盡了我所有的精力。我唯一能記得的是，在打算簽字的瞬間就突然暈倒，似乎在死神的懷抱裡昏迷了很長一段時間。

當我恢復知覺後，耳邊最先傳來的是一陣陣跺腳聲和咒罵聲。我睜開眼睛，四周一片漆黑，發現自己正被那可怕的同伴攙扶著。他嘴裡不停咒罵：「簡直跟那些動不動就喘不過氣、暈厥過去的老太太沒什麼兩樣。振作點！既然下定決心就勇敢行動，還是有人又打算改變心意，躲在某個角落哀戚地飲泣自憐？」我不想理他，吃力地掙扎起身，默默察看四周的情況。夜幕低垂，首席林務官的宅邸燈火通明，傳出喜慶的婚禮音樂，一群群賓客悠閒地在花園小徑上漫步，有幾個人有說有笑地朝我們走來，隨意坐在我先前坐過的長椅上，談論富可敵國的拉斯克閣下與這棟宅邸主人女兒今晨所舉行的婚禮——木已成舟，一切都太遲了。

我惡狠狠地用手打掉蓋在頭上的隱身斗篷，這樣我就不需要見到那隱身的神祕男子，藉著深夜和灌木叢的掩護，我悄悄穿過「彼得伯爵涼亭」，又氣又急地快步走向庭院的出口。然而，那個對我糾纏不休的討厭鬼，依舊如同幽靈般跟著我，在我耳邊說著風涼話：「浪費了寶貴的一天，只為照顧一個精神衰弱的男子，這就是您的感激嗎？您不該把我當傻瓜的。好吧，脾氣硬得像石頭一樣的固執先生，您儘管逃吧，反正我們是分不開的。您有我的金子，而我有您的影子，這使我們兩人都不得安寧。您可曾聽過影子離開它的主人？您的影子迫使我跟著您，直到您大發慈悲把它買回去，我才能擺脫它。您當初草率地同意了這樁交易，遲早會讓您出於無奈或無聊，不得不想辦法補救。因為沒人可以違抗命運。」即使我選擇忽略他，他仍然叨叨絮絮地說個沒完，不管我怎麼逃、怎麼躲，他就像塊牛皮糖一樣緊緊黏著我，冷嘲熱諷地說著金子和影子，讓我根本無法好好思考。

我穿過一條又一條杳無人跡的街道，終於找到走回莊園的那條路。站在莊園大門口的時候，我幾乎認不出這是我原來的住所。宅邸的窗戶全被砸碎了，屋內沒有一絲光亮，每扇門都關得緊緊的，裡頭也沒有僕人來來去去。灰衣人嘲諷地笑出聲：「您沒看錯，也沒有眼花，人生向來處處是驚嚇。您的班德爾應該還在裡面，不久前有人為了預防萬一，累得半死地將他送了回來，從那時起他應該哪兒都沒去，就只待在這裡替您看家。」他又仰天大笑幾聲：「他一定有許多事想向您報告。好吧，我們先到此為止，晚安，下次見！」

我不停按著門鈴，屋內終於亮起了燈光。班德爾從門後詢問是誰在按鈴，我善良的忠僕一認出我的聲音，幾乎無法壓抑自己的喜悅。大門飛快地打開，我們兩人相擁而泣。我發現他跟以前完全不一樣了，整個人不僅蒼老許多，還弄得滿身是病，而我也沒好到哪裡去，整頭青絲早已化為白髮。

班德爾帶我穿過一間又一間被毀壞的房間，直到來到保存較為完整的內室才停下來，接著他從廚房端來酒菜。我們才剛坐下，他就忍不住低聲啜泣。他告訴我，那天他與那個帶著我的影子、穿著灰衣的瘦削男子扭打許久，卻始終沒有辦法解決對方，結果兩人越走越遠，直到灰衣男子筋疲力盡癱倒在地上，也沒能奪回影子。雖然他試著尋找我，但因為失去了線索，只好回到這裡碰碰運氣。誰知道，不久後，一群受到拉斯克煽動的暴民衝了進來，把所有的窗戶都砸碎了，拿走一切值錢的東西，順便滿足他們的破壞欲。這些人就是這樣報答慷慨對待他們的大善人！至於僕人，他們在受到襲擊後都逃走了。當地的警察甚至視班德爾為可疑人物，限他在二十四小時內離開此地。除了我已經知道拉斯克擁有大筆財富，以及米娜嫁給他的這兩件事，他還補充了許多細節。原來，溫泉小城裡所有針對我的負面消息和事件，都是拉斯克這個惡棍一手策劃的。他從為我開始工作時，就知道我的祕密，似乎是受到了「無限錢袋」取出的金子引誘才特意接近我，想方設法弄到存放金子的櫥櫃鑰匙，藉此積存了巨額財富。如今，他對於任何發財的機會都嗤之以鼻。

班德爾一邊向我報告，一邊像受到驚嚇的小動物，渾身顫慄地發出哀鳴。但是在見到我、回到我身邊之後，他淚汪汪的眼眶，汩汩流出喜悅的淚水。他鎮日都在擔心詛咒導致我過著慘無天日的生活。如今，他看到我冷靜沉著地面對這一切，就放心多了。不過他哪裡知道，我平靜的外表只不過是因為早已失望而心死，被逼著以冷酷又無所謂的態度、落魄到以青衣烏帽的穿著[3]，面對只剩下苦難的未來。我的淚水已經流乾，悲痛到再也無法從胸膛逼出那些於事無補的呻吟。

「班德爾，」我對他說：「你知道我的命運，我之所以遭受嚴厲的懲罰，是因為過去犯了大錯。而你這樣善良無辜的人，從一開始就不應該把自己的命運和我這樣的人綁在一起。我不能再讓這種事發生。今天晚上我打算離開這裡，去為我備馬、披好馬鞍，我決定獨自上路，而你必須留下，這是命令。這裡肯定還有幾箱金子，你拿去用吧，往後我將孤身一人在世界各地流浪。若是幸運之神再度眷顧於我，讓我重拾歡笑，我將會回想起你的忠誠。我絕對不會忘記，在我最艱辛、痛苦的時刻，是靠在你忠實的胸膛上哭泣的。」

聽到我這麼說，正直善良的班德爾心都碎了，完全沒有想到從此必須與主人分離，但最終他仍然遵從主人給出的最後一道命令。另一方面，我也逼著自

3. 譯註：青衣烏帽，原文指頭上沒有任何遮蔽，由於帽子在當時普魯士貴族圈是身分地位的象徵，引申為他從伯爵變回平民的狀態。

己狠下心，對他的懇求和抗議充耳不聞，連帶對他的淚水也視而不見。他把駿馬牽過來，我再次緊緊擁抱已經泣不成聲的忠僕，然後一躍跨上馬鞍，在黑夜籠罩下離開了埋葬我人生的傷心地，完全不在乎馬兒把我帶到哪裡去，因為在世上，我已不再有目標、夢想和希望了。

CHAPTER

8

金幣的鈴聲

只需輕輕搖動「無限錢袋」，

讓那永不枯竭的金幣發出清脆的鏗鏘聲，

便能在世界的任何角落召喚我。

即使蠹蟲吞噬了您的影子，

我們之間的連結，

藉由這個錢袋，將永不斷裂。

我踽踽獨行不久後，馬匹旁便悄然出現一名陌生人，他默默跟著我走了好一陣子，然後客氣地詢問我是否允許他將大衣掛在馬背上。我想，既是同路人，便默許了他的請求。為了這個舉手之勞，他禮貌地向我道謝，又稱讚我的駿馬，並且說起當有錢人真好、那些富人多麼幸福快樂、多麼有權有勢的話題。他自顧自地說個不停，而我也不曉得怎麼回事，我們就這樣成了一個話講不停，另一個被迫聆聽的奇妙組合。

接著，他話鋒一轉，開始說起了自己對人生和世界的看法，話題很快轉到「形上學」。他認為，這門學科主要的課題，就是要找出一個最簡單的觀念，以此來解答世間所有的謎題。他頭頭是道地分析問題，並且一步步嘗試去推敲答案。

親愛的朋友，我們相知相惜已久，你應該知道，自從在學校涉獵了幾位哲學家的理論之後，我就清楚意識到，哲學思考非我所長。所以在很久以前，我便摒棄鑽研這門學問。從那時起，我對許多事情都保持順其自然的態度，放棄眾多我能夠理解或學習的知識。至今我都依循你的勸告，相信自己的直覺，傾聽內心的聲音，只要在能夠掌握的範圍之內，便盡量忠於本心、走自己的路。相較之下，現在陪伴在我身邊的這位雄辯家，似乎正以他卓越的天賦，從地基開始建造成牢固的大樓，以他心中的最終目的，一層又一層往上加疊，蓋成一棟摩天大樓。然而，不管這棟大樓多麼雄偉高聳，卻少了我最想要的東西，對我而言只是件藝術品，有著優美的外形和華麗的裝潢，令人賞心悅目，僅此而已。但是，我卻很享受這位演說家的口若懸河，因為他將我的注意力從自身的悲慘境遇轉移到了他的話語之中。若是他的三寸不爛之舌能夠說服我的理性，甚至打動我的內心，那麼，說不定我將從此對他言聽計從。

時間就這樣過去，黎明的曙光不聲不響地照亮了天空，我立刻慌了手腳，尤其是當我抬頭看見五彩繽紛的光芒交織在東方，太陽即將升起、天亮之前的昏暗時刻，也是萬物剪影伸縮自如的時刻，靠著晨曦顧盼自得、拉得最長的時刻。我意識到四周是毫無遮蔽的曠野，而我並非獨自一人！我擔驚受怕地瞄了那位陌生人一眼，又被嚇得變了臉色——原來，陌生的路人是灰衣人偽裝而成的。

他無視我眼中流露出被追捕的恐懼神情、慘白的面頰與雙唇，僅僅不帶感情地微微一笑，平靜地開口：「讓我們按照江湖的規矩，暫時把我們之間的利益結合在一起吧！畢竟我們還沒到『你走陽關道，我走獨木橋』的地步。我相信您一定還沒弄明白，這條山路將會是您最明智的選擇。因為您已被山谷的溫泉小城驅逐，也不想翻過山頭，回到最初您逃離的地方。我注意到，剛剛太陽一升起，您的臉上就立刻變得毫無血色。這樣好了，我也打算往這個方向走，在我們同行的這段期間，我願意把您的影子借給您，當作暫時容忍我存在的報酬。您這次沒有帶上班德爾想必有諸多不便，我也能當個善體人意的貼身男僕。我知道您相當憎恨我，對此我深感遺憾，不過您仍然可以考慮接受我剛剛的提議，魔鬼並不像人們描繪的那樣壞。沒錯，昨日您的畏縮不前讓我勃然大怒、耐性盡失，不過今天的我，大人有大量，不打算與您計較這種小事。您應該已經注意到，有了我的陪伴，路程似乎沒有想像中漫長。既然我們已經暫時休兵，不妨把影子收回腳邊，試試看吧！」

旭日東升，新的一天已經展開，迎面有許多路人朝我們走來。儘管內心有千百個不願意，我卻還是同意了這樁交易。他微微一笑，掏出影子讓它滑向地面，影子立即找到與馬匹影子重疊的正確位置，愉快地以小跑步跟在我身旁。突然間，有了影子的我似乎又獲得了一絲自信。當我騎著馬經過一群村夫身旁，他們出於對資產階級的敬畏，立刻脫帽行禮，側身一旁，讓我們先行。我一言不發地騎著馬向前行，幾乎可以聽到自己心臟怦怦跳，以貪婪的目光不斷看向馬匹旁的那張影子，一張曾經屬於我，如今卻必須從一位陌生人——不，

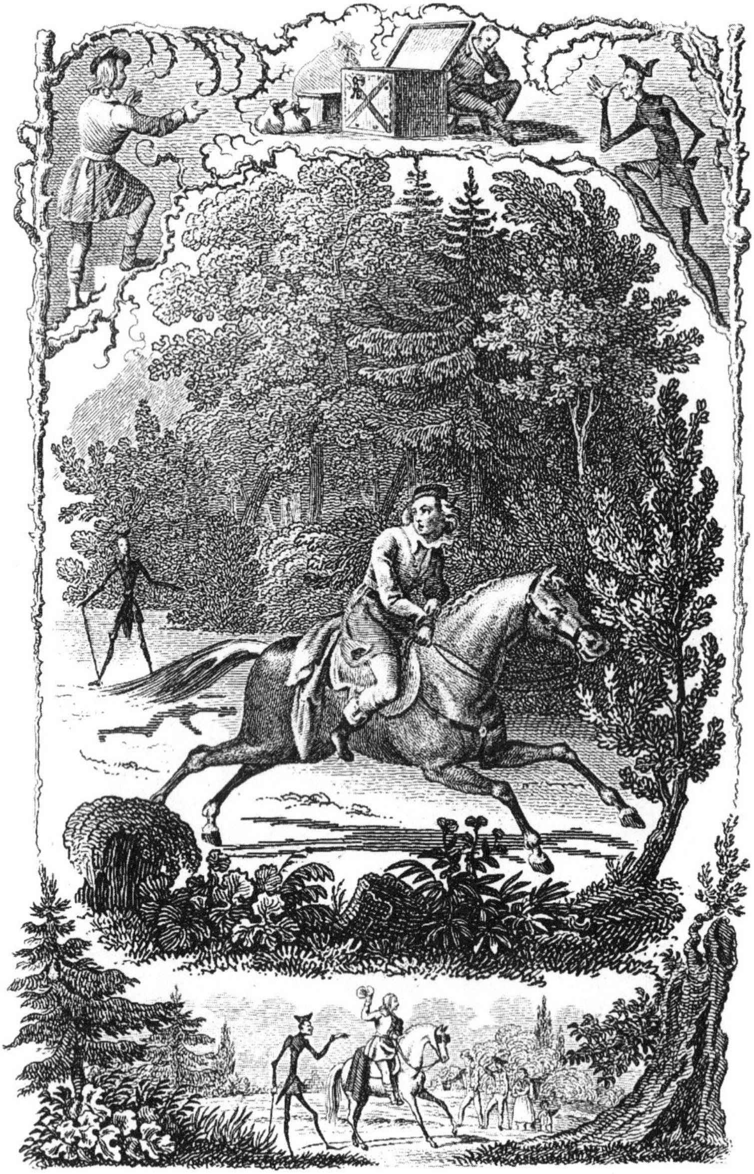

Peter Schlemihls wundersame Geschichte
彼得・施雷米爾的奇幻之旅 148

甚至說是從敵人那裡借來的影子。

那人正愜意地吹著小曲，漫不經心地徒步走在我身旁，而我則騎在馬背上。這一瞬間，我不知怎麼了，思緒翻湧，抵受不住如此大的誘惑，於是猛地拉緊韁繩，讓馬兒吸入口銜，然後夾緊雙腳，將馬刺刺向馬腹，快馬加鞭往前方的一條叉路衝去。當馬匹往另一條道路奔去，我那張影子隨著揚起的灰塵滑落在鄉間小路上，靜靜等待它真正主人的到來。我最後只得羞愧地掉轉馬頭，再度與灰衣人同行。他完全沒受到這個小插曲干擾，好整以暇地吹完小曲，先狠狠地譏諷我一番，再假好心地把影子重新放回我的腳邊，隨後教訓道：「只有再度成為影子的主人，它才會緊緊依附您，待在您的身邊。只要我擁有您的影子，您就逃不出我的手掌心。像您這樣的有錢人需要影子，事情就是這麼簡單，只能怪您自己當時沒有意識到這件事。」

我除了順著山路走下去，別無選擇。一路上，我再度感受到奢華生活的舒適與便利，以及散發著有錢人氣場的虛榮。即使我只帶著一張借來的影子，仍體驗到了不受任何限制、自由自在行動的快樂。擁有巨額的財富讓我處處得到尊榮待遇，但內心卻對一切厭煩不已。我冷眼看著身旁那位奇特同伴，將服侍世界首富的卑微男僕角色詮釋得爐火純青。他伺候人的技巧既殷勤又敏捷，做事機警老練，絕對是理想隨從的最佳人選。儘管如此，灰衣人幾乎一天二十四小時守著我，不斷在我耳邊碎唸。他堅信總有一天我會同意這樁以靈魂交換影子的交易，即使僅僅是為了擺脫他。他真的是一個大累贅，同時又讓人恨得牙癢癢的，不過我對他的恐懼卻從沒減少過。漸漸地我開始依賴他，在他的引誘下回到我曾經逃開的浮華世界，最終落入他的掌握，鎮日忍受他那些動人辭令的同時，慢慢相信他所說的一切：在這個世界上，想要當個有錢人就必須有影子，若是想要維持失而復得的身分地位，唯一的選擇就是接受他的提議。然而，自從我犧牲了愛情，人生變得暗淡無光之後，我便深知即使能夠拿世上所有的影子來交換，也不願把靈魂賣給這可鄙的傢伙糟蹋。不過，我卻依舊不知道如何跟他做個了斷。

有一次，我們造訪了這座山中特殊的觀光景點——洞天福地。當地居民有空常會來此郊遊散心，此處怪石嶙峋，而最特殊的景點是那深不見底的洞穴。附近沒有河流，卻能聽見地底深處傳來波濤洶湧的流水聲。若是往洞穴裡投下一顆小石子，洞穴便會發出小石子撞擊岩壁的回音，卻始終聽不到觸底的聲響。我們欣賞完大自然的巧奪天工後，便雙雙坐在洞穴前小憩。灰衣人照慣例又以豐富的想像力和誇大華麗的辭藻，描繪各種美好的景象：一旦拿回影子，靠著「無限錢袋」的財富，未來將會多麼的富足，將會在人世間完成多少了不起的功業。我把手肘撐在膝蓋上，用雙手遮住了面容，任由巧言令色的魔鬼滔滔不絕。我的心思正在進行一場激烈的拉鋸戰，究竟該向邪惡的誘惑妥協，還是堅持自己的意志？啊！我再也無法忍受一顆心被如此強烈地左右拉扯，乾脆就正面迎擊灰衣人，來場最終的決鬥吧！

「閣下似乎忘記我是有條件允許您的陪伴，但我的自由意志與行動並沒有受到任何限制。」

「只要您下逐客令，我將會立刻離開。」

威脅恫嚇這種技倆，想必對他來說是家常便飯，不曉得已經練習幾百次了。我沒有繼續出聲，他便輕巧地從地上捲起影子，即使這個舉動讓我嚇到臉色發白，我仍舊按兵不動，任由他收回影子。接著，我們之間陷入了長時間的靜默，最後是他率先打破僵局：「閣下，我知道您從一開始就不喜歡我，並對我深惡痛絕，這點我是再清楚不過了。但是，讓我困惑的是，您為何對我如此厭惡呢？難道是因為您曾經在光天化日之下襲擊我，企圖用武力搶奪我的『玄妙鳥巢』？或者是因為您曾嘗試竊取屬於我的東西——因為我相信您的正直而出借的影子——如同陰險小人般意圖綁架它？即使您的行為不夠光明正大，但是我並不會因此憎恨您。您試著利用一切有利的條件、詭計和暴力來擺脫屈辱，這相當符合人性。您過去一直以崇高的道德標準和誠實的君子自居，雖然與上述行為不符，但我尊重您對這些原則的堅持，並不想多加置喙。事實上，我的所作所為，不過是順應您的性格，引導您有所行動罷了！試著回憶一下，儘管我對您如此寶貴的靈魂這麼有興趣，為了得到它，我可曾扼住您的咽喉，用暴力奪取它？我可曾為了那交換出去的「無限錢袋」，派人搶劫您？我可曾企圖在您反應不及的情況下，帶著它騎馬逃走？」我一句話都無法反駁，於是他便繼續說下去：「閣下什麼都不必說，我懂！您再也無法忍受我的存在，關於這點我們已經達成共識。不過，我不會為此而怨恨您。我們都很清楚，分開的時刻到了，反正對我來說，您也越來越無趣了。為了擺脫我所代表的恥辱與您不光彩的一面，我再次好心地建議您『買回您的影子吧』。」

我將「無限錢袋」遞回給他：「用這錢袋當代價。」

Peter Schlemihls wundersame Geschichte
── 彼得・施雷米爾的奇幻之旅

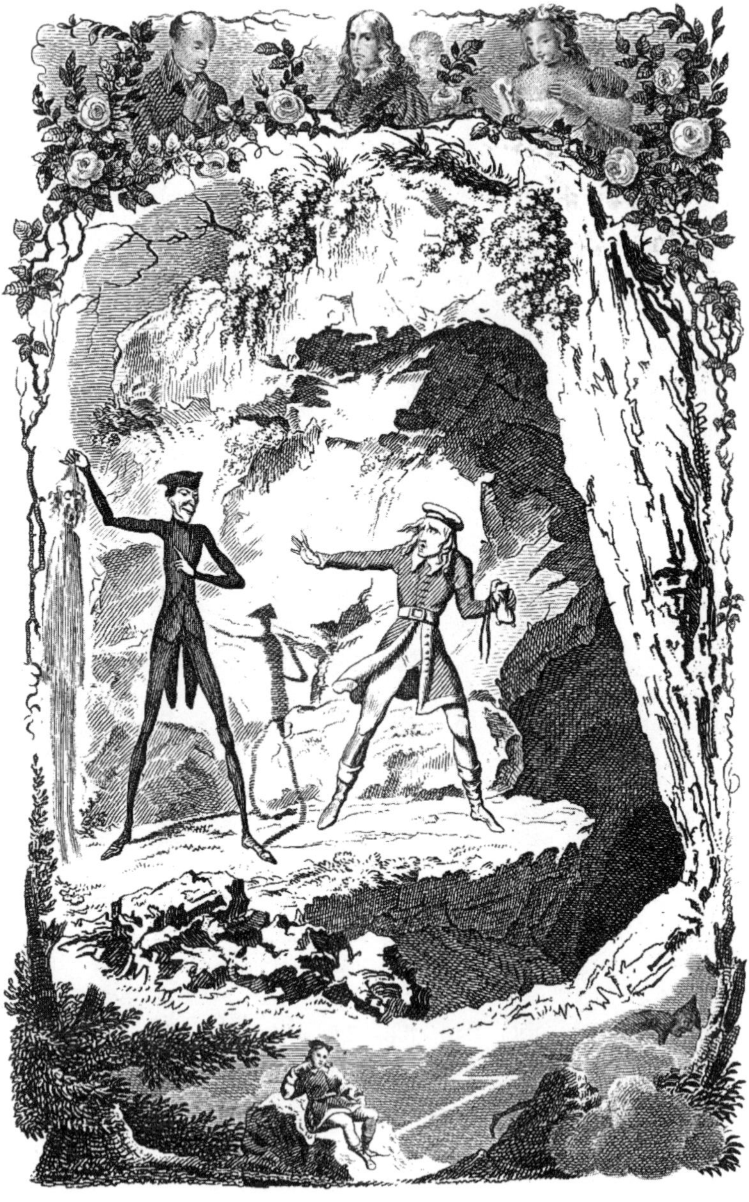

「不可能！」灰衣人一口回絕。

我嘆了一口氣，還是堅持立場，絲毫不退讓：「既然這樣，閣下，我強烈要求您我從此行同陌路，不要再阻擋我的去路，願這個世界夠大，可以同時容納我們。」

他笑著回道：「如您所願，閣下，我立刻就走。但在我離去之前，我先教您如何搖鈴[1]，若有一天再度需要我這位謙恭的僕人，只需要輕輕搖動『無限錢袋』，讓裡頭永不耗盡的金幣鏗鏗作響，這聲音便會召喚我，讓我重返您的身邊。俗話說『人不為己，天誅地滅』，而我卻有所不同，純粹出於對您的關心，特地賦予您這份神奇的力量——喔，就是這個『無限錢袋』！即使蠹蟲吃掉

1. 譯註：在沒有電力的時代，普魯士貴族的莊園主要都是靠搖鈴呼喚僕人。

了您的影子，透過這個錢袋，我們之間的聯繫將永遠剪不斷。長話短說，只要擁有我的金子，就可以在世界的任何角落召喚我。想必您沒有忘記，我總是樂於為自己的朋友服務，尤其是有錢人與我向來是魚幫水，水幫魚——畢竟您曾經親眼目睹一切。至於閣下的影子，除非答應我唯一的條件，否則您將永遠失去它。」

過去種種回憶突然浮現心頭，我急忙問他：「約翰老爺也簽了合約？」

他失笑出聲地答道：「我們兩個已經是靈魂伴侶了，不需要簽約。」

「您知道他現在過得如何嗎？以上帝之名，快點跟我說他現在在哪裡！」

灰衣人稍有遲疑地將手伸進神奇口袋，一把抓住蒼白、變形的湯瑪斯·約翰，拉著頭髮將他整個人拖出來。約翰老爺化作小人偶，嘴唇如死屍般發青，用痛苦又模糊不清的聲音喃喃自語：「天神的公正法庭已審判了我，天神的公正法庭已譴責了我。」眼前的景象把我嚇得魂飛魄散，連忙把叮鐺作響的「無限錢袋」丟進身後的深淵，對灰衣人發出最後通諜：「我以上帝之名發誓，可恨的魔鬼！立刻從我身邊消失，永遠不要出現在我眼前！」他陰沉著臉，驀然地站起身來，瞬間便消失在這片雜草叢生的亂石群後方。

CHAPTER

9

施雷米爾的救贖

我走近一棵樹想看個仔細，

但是一抬腳，景象便瞬間改變。

我穿梭於草原與沙漠之間，

壯麗的大自然在我驚異的目光中交替出現。

我坐在原地，永遠失去了影子，也找不回「無限錢袋」。然而，我心中沉重的大石終於落地，再度充滿美好與希望。要是這時的我沒有因此失去至愛，或是在失去它的那一刻能夠問心無愧，我相信自己應該會打從心底感到快樂。我不知道該做什麼，翻了翻口袋，發現裡面還有幾枚金幣，於是稍稍清點身上這些僅剩的財產，不禁自嘲地笑了出來。在參觀洞天福地之前，我把馬匹留在山下的旅館，如今卻羞於走去那裡，至少得等到太陽下山後，才敢再度混跡於人群之中。此時正值日正當中，我決定在附近找一棵大樹，躺在樹蔭下好好睡個午覺。

許多美好的畫面不斷穿插轉換，在我腦中交織成一場美夢。我夢見米娜頭上戴著花環，優雅地來到我身旁，笑得很開心；忠誠的班德爾戴著花冠，急忙向我走來，愉悅地向我問好。除此之外，我還夢到許多曾經相識的人。夏米索，我似乎也看到你了，你就置身於遠處的人群當中。天空灑下一束束明亮的光線，所有人都沒有影子，顯得既古怪又詭異，但大家似乎覺得這樣也挺好的。棕櫚樹下擺滿鮮花，還有美妙的音樂，散發出愛與歡樂的氣息。我既不能捕捉，也不認得這些浮在空中、輕輕飄浮的可愛形體，但我喜歡作這樣的夢，所以很努力不讓自己醒來。當我這麼一想，事實上已經醒了，但我仍緊閉著雙眼，希望這些逐漸消逝的畫面，能在心中停駐久一點。

終究，我還是張開了眼睛，看到太陽依舊高掛在空中，只是位置已經偏向東方，看來我睡了一整夜。我決定隨遇而安，把錯過的夜晚當作不該返回旅館的徵兆。至於放棄寄存在那裡的物品，我一點都不覺得可惜。我選了另一條通往山腳、蓊蓊鬱鬱的偏僻小路徒步而行，現在的計畫就是走一步算一步，任憑命運的安排。另外，我還要把過去的一切拋到腦後，不打算尋原路回去投靠因我而致富的班德爾，雖然這也是一個選項。我將自己從上到下打量一番，從此刻起，我已經不是過去的我了，我要重新做人。我穿著樸素的衣著，就是以前在柏林時常常穿著的那件破舊黑色及膝大衣，當我踏上這趟旅行，這件大衣又莫名出現在我的行李箱中。我頭上戴著一頂旅行便帽，腳下穿著一雙舊靴子，站起身來砍了一根長著很多樹瘤的枝條當作手杖，迎向全新的徒步之旅。

我在樹林裡遇到了一位老農夫，他親切地跟我打招呼，於是我們交談起來。我就像一位好奇的旅者，詢問了下山的方向，以及這一帶的狀況、當地的居民、山林特產等訊息。他有條不紊、滔滔不絕地回答我的問題。我們走到了山澗旁的河床，那裡是一片寬廣無遮蔭的長方形空地，顯示這條溪流曾經夾帶大量的洪水與土石，將附近的樹木統統連根拔起，順著河流往下游沖刷。那片陽光普照的河床令我不寒而慄，於是我放緩腳步，讓老農民走在前面。沒想到他為了向我解釋這裡為何變得如此荒涼，竟然在對我來說最危險的地點停下了腳步，並轉過身子。於是，他立刻就注意到我的缺陷，然後停下講述的主題，轉而開口問道：「閣下，這是怎麼回事，您怎麼沒有影子呢？」我重重地嘆了一口氣答道：「我就是這麼倒楣！是個不幸之人！前一陣子生了一場久未能癒的大病，頭髮、指甲和影子都脫落了。老伯伯，您瞧，我的頭髮雖然重新長出來了，但以我的年紀來說，居然全是白的。我的指甲才剛長了一點點，至於我的影子，很不幸地，目前還沒重新長出來。」老農夫聽了搖著頭回覆：「可憐啊！可憐啊！居然沒有影子，真是糟糕！閣下這場病的後遺症還真嚴重。」語畢，他沒有繼續剛剛的話題，只是當我們走到下一個叉路口時，他連道別都沒說，便逕自選了另一條路離去。苦澀的眼淚又重新爬滿我的雙頰，止也止不住，之前心中的美好希望，又被淚水洗刷得一乾二淨。

我帶著一顆沉痛破碎的心繼續趕路，再也不敢與任何人同行。我鎮日都待在幽暗的密林中，常常要等上好幾個小時，才能避開人群的目光，穿過一處陽光照射的空地。到了晚上，我才會走出森林，前往附近的村莊借宿。我其實是要朝著這座山裡的礦場前進，計劃著在地底找一份工作糊口。依我目前的處境，必須自力更生才不至於餓死，而且我清楚地知道，只有從事一份將體力逼到極限的工作，才能保護自己不至於落到心如死灰的地步。

一連幾天的陰雨讓我的徒步旅行沒有那麼難熬，不過我的靴子卻壞了。這雙靴子的底部是為彼得伯爵設計，而不是替那些沒有馬只能走路的步兵打造，現在我被迫赤腳趕路，看來得想辦法弄到一雙新靴子。隔天清晨，我專程前往附近較為繁華的小城採購，走到一個因教堂落成紀念典禮而舉辦的市集，其中有個攤子陳列了一雙雙待售的新舊靴子。我左挑右選，討價還價了很久，最後不得不放棄一雙看上的新靴子，因為它的價錢貴得離譜，於是我只能退而求其次，選一雙狀況還不錯、堅固耐用的舊靴子。負責顧攤子的金色卷髮英俊男孩[1]，帶著親切的笑容收下了我的錢，把靴子遞給我，並誠心誠意地祝我旅途愉快。我點點頭致謝，立刻穿上靴子，然後從北方的城門離開這個城鎮。

我全副心思都放在自己身上，完全忽略周圍的景色，心心念念想著要趕去礦場，希望能在傍晚之前抵達。不過，我現在還不知道，沒有推薦信的情況下，該如何毛遂自薦才能受到僱用。才走不到兩百步，我突然發現自己迷路了，有點丈二金鋼摸不著頭腦，環顧四周，驚覺自己竟然身處一座荒涼的原始森林，似乎從未有人類砍伐過。我向前走了幾步，眼前的景色又變了，這次是一片寒風瑟瑟的凍原，空氣冰寒，雪地與冰原交錯，地表嶙峋的石塊縫隙間長滿了青苔與地衣。回頭一看，剛剛的幽暗密林已經消失不見。我又走了幾步，周遭頓時變得一片死寂——冰雪從我所站的地方一望無際地延伸出去，空氣中瀰漫著厚重的白霧，地平線上垂掛著血紅色的太陽。這裡的氣溫更低，低到幾乎會凍死人的地步。我依舊搞不清楚這到底是怎麼回事，極度的嚴寒迫使我加

1. 譯註：典型的天使形象。

快腳步。這時，遠方傳來海浪的衝擊聲，我向前跨一步，竟然就站在結冰的海岸，眼前有無數群的海豹撲通撲通地跳進潮水裡。我沿著海岸繼續向前走，一路上看到裸露的岩石、原野、樺木林和冷杉林接連出現。我又跨步走了一段時間，此時空氣變得又濕又熱，讓人幾乎透不過氣，四周景色變成了整齊劃一的稻田與桑樹林。我決定坐在一棵桑樹的樹蔭下稍作休息，看了看錶，從離開市集到現在還不到十五分鐘。我一定是在作夢，為了使自己清醒，我咬了咬舌頭，這果然是現實不是夢，於是緩緩閉上雙眼，打算集中精神好好想想這到底是怎麼一回事。忽然，正前方傳來幾聲以鼻音發出的陌生音節，我順勢抬起頭來，即使不看他們的衣著，那明顯的亞洲五官清楚告訴我，站在我面前的是兩名中國人，他們正用自己的語言，依照自己的風俗習慣向我打招呼。我起身退了兩步，就再也看不到他們，濃密的闊葉林取代了稻田。我稍稍觀察環繞在四周的茂密樹木和花草，認出了有些是東南亞特有的植物，我忍不住走近一棵樹想看個仔細，但是一抬腳，一切又變了。我現在就如同操練中的新兵，踏著熟練而緩慢的步伐，穿梭在不同的國家、田野、河谷、山脈、草原和沙漠之間。美妙的大自然在我驚異的目光下輪番出現。現在我非常確信，自己腳上穿的是「七哩靴[2]」。

2. 譯註：七哩靴（Siebenmeilenstiefel），神話中具有神奇力量的靴子，能讓穿著者在短時間內走完長途。可以在童話、故事和詩歌中找到這個主題。

CHAPTER

10

天使的微笑

昔日的罪過使我被人類文明排斥，

而如今有了新的指引。

我跪倒在地，

熱淚盈眶——未來的道路驟然在眼前展開，

帶領我進入新的世界。

我無語地跪倒在地，流下感激的熱淚——未來的道路，就這麼突然在眼前展開。昔日的罪過使我被排除於人類文明之外，而現在有了新的指引，帶領我進入那片向來令我著迷不已的大自然。大地化作一座賞賜給我的繽紛花園，學習成為我新的人生方向與支柱。我最終的目標是透過鑽研科學，讓所有未知的事物成為已知。然而，這一切與我最初到礦場工作的計畫八竿子打不著關係。人生就是順其自然，該知道的時候，就會明白接下來的路要怎麼走。從那時起，我便開始安靜、專注地觀察大自然，嚴謹而孜孜不倦地描繪出原始萬物所呈現的輪廓與美麗。至於我生命中快樂的泉源，則是取決於我撰寫的調查報告，以及對萬物本質瞭解程度的深淺。

一時間，我精神抖擻，立刻選定了幾個未來想要研究的重點區域。我踏上了西藏高原，幾個鐘頭前我才待在太陽剛剛升起的地方，而這裡的太陽已經快要下山了。我饒富興味地跑在太陽軌跡前方，從東向西橫越歐亞大陸，再進到非洲。我好奇地在非洲到處參觀，跑遍各地只為了重複測量，途中經過了埃及古老的金字塔和神廟，穿過乾燥炎熱的沙漠，眺望附近的百門之都底比斯[1]。沙漠中有些區域的岩石形成許多天然洞穴，那是昔日基督徒隱士被當權者迫害時的藏身之所。突然間，我內心受到了莫名的感召。沒錯，這裡正是我最後的歸宿，我選了其中一個最為隱蔽、寬大且舒適、豺狼無法進入的洞穴，作為永久居所，隨即又轉過身繼續我的世界測量之旅。

通過大力士海力克斯之柱[2]，我來到了歐洲。當我把這塊大陸的南北都走

1. 譯註：百門之都底比斯（Hunderttorigen Theben），是現今的埃及古城路克索（Luxor）的舊名，位於埃及中部的尼羅河中游。古希臘詩人荷馬在詩史《伊利亞德》（*Iliad*）對底比斯城如此描述，「埃及的底比斯，那裡的人宅邸華麗，擁有世間最豐盈的財富；底比斯有城門百座，通過每個城門，兩百名戰士駕馭著馬匹與戰車，奔馳沙場……」。

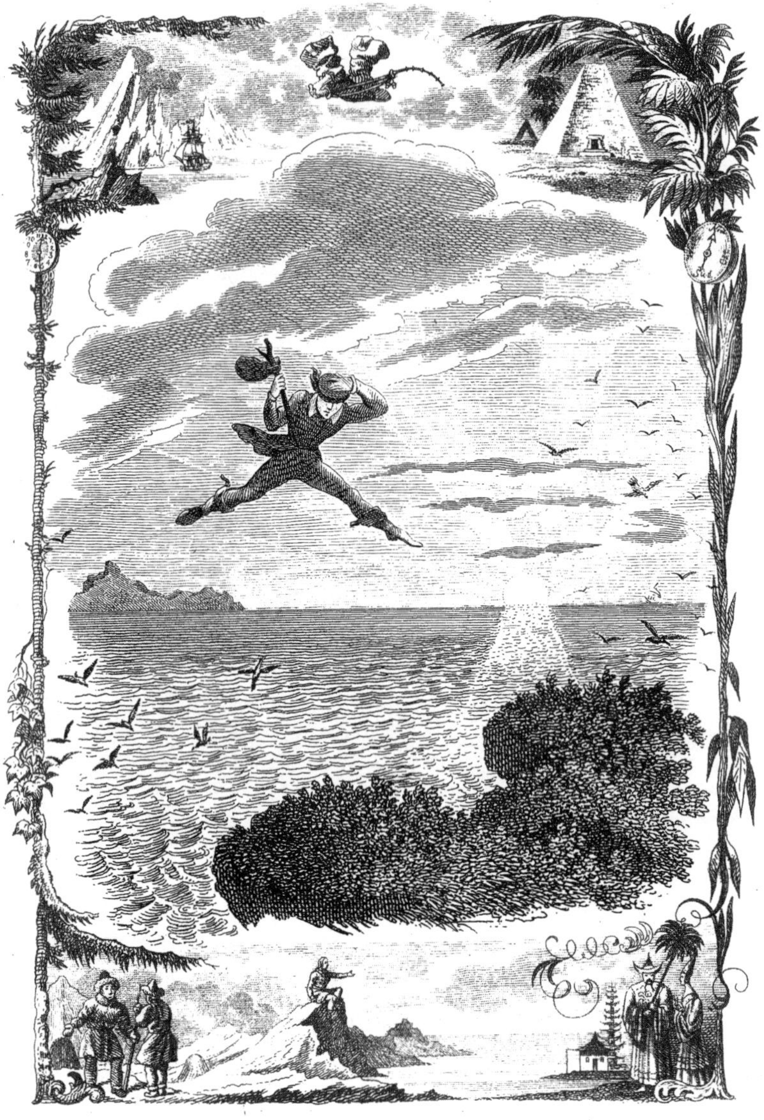

Peter Schlemihls wundersame Geschichte
——— 彼得·施雷米爾的奇幻之旅 172

遍後，就從亞洲最靠近北極的陸塊出發，穿過北冰洋來到格陵蘭大島。隨後，我順路造訪了北美洲，一路往南穿越中美洲，直抵南美洲。南半球仍然是冬天，把我凍得受不了，於是我趕緊繞過合恩角改道漂向北方，在亞洲東部逗留到天亮，稍事休息後，又繼續了我的千里長征。這次我先沿著美洲大陸西部連綿起伏的兩座山脈跋涉，途中經過當今世上已知的高峰[3]。我小心翼翼地從一個山頭跳到另一個山頭，落腳之處有時是冒著白煙和熱氣的火山，有時是白雪皚皚的冰帽。高山空氣稀薄，常常把我累得氣喘噓噓。最後，我走到了聖埃利亞斯山[4]的山頭，跳過白令海峽來到亞洲最北端的東西伯利亞。我仔細沿著太

2. 譯註：海力克斯之柱（Herkulessäulen），指分隔直布羅陀海峽南北兩岸的海岬，歐洲和非洲在這裡的距離僅有十四公里。
3. 譯註：作者在此所指的是欽博拉索山（Chimpu Rasu），當時西方世界認為的世界第一高峰。

平洋西岸的亞洲大陸海岸線行走，順著曲折蜿蜒的東亞海岸線，尋找可以當我墊腳石的那些島嶼。我從半島走跳到蘇門答臘島、爪哇島、巴里島和龍目島，花了許多時間探索這片小島和礁岩星羅棋布的海域，企圖開拓一條向西北方前往婆羅洲以及其它島嶼的路線，但是我一直沒有成功，最後只得放棄這個點子。我走到了龍目島[5]的最南端，往東南方向望去，猶如被關在監獄鐵欄後方囚犯般潸然淚下，因為無法再往前走了。獨樹一格的新荷蘭[6]以及南太平洋的珊瑚礁群島，對於瞭解地球生態，以及認識由太陽編織出來包裹在地球表面的衣裳（植物與動物），有著無比的重要性，而我卻無法親自踏上這些土地，只能在此飲恨吞聲。這意味著我搜集全球動植物的雄心壯志，以及瞭解大自然如何運作的計畫，從一開始便注定殘缺不全。喔！親愛的阿德爾伯特，人類的努力是多麼徒勞無功啊！

我屢次在南半球最嚴峻的冬天，站在南美洲最南方的合恩角，思考如何從這裡跨越范迪門之地[7]與新荷蘭之間兩百步遠的距離。我根本不考慮如何回來，也要抵達這塊可能讓我死無葬生之處的陌生大陸。我試著從極地延伸到海中的冰河出發，踩著在冰冷海中沉浮的冰山、浮冰，頂著嚴寒與大浪，絕望地往西邊走去。結果不論我嘗試幾次都只是白費力氣，一直無法抵達新荷蘭。每一次失敗，我都失望地回到龍目島，再度坐在島上的最南端狠狠哭泣，看向東南方，怨恨大海這座牢獄的無情。

最後，我還是遠離了南半球赤道地區，沮喪不已地重返亞洲內陸，隨意在

4. 譯註：聖埃利亞斯山（Eliasberg），位於北美阿拉斯加和加拿大的分界處。
5. 譯註：龍目島為當時已知最靠近澳洲的小島，實際上現今的新紐幾內亞才是最靠近澳洲的大島。
6. 譯註：新荷蘭（Neuholland），澳洲大陸的舊稱。
7. 譯註：范迪門之地（Land Van Diemen），現今澳洲東南方島嶼塔斯馬尼亞（Tasmania）的舊稱。

歐亞大陸信步而行，追著曙光往西方前進，當天晚上就抵達了埃及的底比斯——我精挑細選的歸宿，走進昨日午後才來過的洞穴。

我稍事休息，等到歐洲地區天亮之後，第一要務就是要張羅測量世界所需的必要器具。首先，我需要一雙能縮短步距的鞋子，因為我已領教過，除非脫掉靴子，否則根本無法好好研究當地的一草一木。但是整天穿穿脫脫真的很不方便，後來我發現，只要在靴子底下套上拖鞋，就能達到預期的效果。隨著經驗的累積，我甚至隨身攜帶兩雙拖鞋，因為當我把拖鞋踢開之後，常常沒有機會再把鞋子撿回來——例如當我專注採集植物，被獅子、人類或鬣狗之類嚇到逃跑的時候。由於我經常要進行這種短時間的長距離旅行，雖然靠著手腕上這只高級準時的手錶，已經可以隨意變換時區、計算移動距離、預測日落地點，但是還是需要一個六分儀、一些物理儀器和書籍。

為了買到這些東西，我在倫敦和巴黎之間奔波，這兩座大城長年被霧氣籠罩，有利掩護我的缺陷。由於魔法金幣很快就花光了，我便以在非洲草原隨處可見的象牙和賣家交易，不過我只能攜帶那些體積小、不超出我所能負荷的小象牙。當我一買齊研究地球生態系所需的物品與裝備之後，便開始了自給自足的平民學者新生活。

我遊遍全世界，時而丈量地表隆起的高度，時而測量泉水和空氣的溫度；一會觀察動物，一會研究植物。我迅速地從赤道往極地奔跑，從歐洲跑到美洲，將這一處觀察到的經驗，與另一處的經驗進行分析比較。平日我常吃的食物，有時是非洲的巨大鴕鳥蛋，抑或是北冰洋美味無比的肥滋滋大海燕，還搭配各式各樣的水果——我特別喜歡熱帶地區的椰子和香蕉。當我感到傷心難過，吸幾口熱帶特有的優質濃醇菸草，就能忘記煩憂。因為想念與人類的情感聯繫，我收養了一隻忠實的貴賓犬做伴，牠負責看守著底比斯的洞穴，當我帶著旅途路上搜集到的新奇寶物回家，牠就會立刻高興地向我撲過來，讓我感受濃濃的愛與羈絆，不再覺得自己總是孤單無助。然而，某次的冒險之旅，還是把我帶回了人群之中。

CHAPTER

11

遠勝過黃金的擁抱

親愛的朋友，

只要你仍無法脫離人類文明，

首先應學會珍惜自己的影子，

再去考慮如何累積財富。

然而，若你想為更好的自己而活，

那就不需要任何忠告了！

有一次，當我在北國的海邊，套好拖鞋以縮短步距，正專心地搜集地衣和海藻，背後居然有隻北極熊突然從岩石群中冒出來，朝我迎面走來。我立刻甩下拖鞋，打算先踩上一塊在驚濤駭浪中依舊屹立不搖的礁岩，再跳到對面的島嶼避難。那時我一隻腳已穩穩踏上礁石，卻沒注意到另一隻腳的拖鞋還套在靴子上，整個人因此失去平衡，跌進了冰冷的海水中。

我整個人隨即被深藍冷冽的海水吞沒，全身被緊緊的包圍著，費了九牛二虎之力，才脫離海浪的糾纏，保住小命。當我一爬上岸，就用盡全力跑到利比亞的沙漠，想要靠著那裡的驕陽將自己烤乾。不過沙漠裡的溫度實在太高了，晒得我頭昏眼花，於是我步履蹣跚地走回北方，結果短時間的冷熱交替害我生起病來。我試著用劇烈的運動來減輕不適，踏著不穩的步伐從西邊走到東邊，又從東邊走回西邊。這一秒我還置身於亮晃晃的白晝之下，下一秒又換到了黑漆漆的夜晚，這裡天氣有如盛夏，那裡又有若寒冬。

SCHLEMIHLIUM

我不知道在地球上跌跌撞撞走了多久，只知道自己正在發高燒，全身沸騰有如燒開的熱水。我開始感到害怕，因為發現意識開始變得模糊，手腳也不靈活了。誰知禍不單行，在我胡亂行走時，無意間踩到了某個人的腳。我一定是踩痛了他，因為他的反應是毫不留情地把我推開，於是我整個人就這樣倒在地上暈了過去。

當我恢復知覺，發現自己躺在一張舒適柔軟的床鋪上，四周的環境看上去是一座明亮寬敞的大房間，兩旁擺放著一排排的病床。有些人坐在我的床頭邊，有些人穿過大廳，不斷從一張床走向另一張床，接著他們來到我的床前，對我議論紛紛。他們稱呼我為「十二號[1]」。不過我注意到在我對面的牆壁上，掛著一塊黑色的大理石板，以巨大的金色字母一字不差地寫著我的名字：

彼得．施雷米爾

毫無疑問，這不是幻覺，我可以清楚地讀出那些字母。我的名字下面還有兩行小字，但是我實在是太過虛弱了，視力模糊到看不清那些小字寫了什麼，接著累得再次閉上眼睛。

在半睡半醒之間，我依稀聽到有幾人在清晰明亮處交談，他們還提到了彼得·施雷米爾，卻聽不懂他們到底在說些什麼。我只見到一個和善的男子與一個非常美麗的黑衣女人，站在我的床前交談，我覺得他們的樣子非常眼熟，卻一時想不起來他們是誰。

過了好幾天，我的體力才終於恢復。在這裡我沒有自己的名字，只被稱呼為「十二號」。由於我留著長長的鬍子，就被當成是猶太人[2]，但我沒有因此受

1. 譯註：「十二號」這個詞彙與《啟示錄》第七章中，提到的末日前以色列十二支派有關。作者在整本書中使用了大量與猶太教聖經相關的隱喻和名字。
2. 譯註：虔誠的猶大教徒根據《聖經》的教誨，從來不刮鬍鬚和鬢毛。

到較差的待遇，而且似乎沒人注意到我缺少影子。至於我的「七哩靴」，據說當我被送進來的時候，身邊所有物品都被完善、安全地保管在櫃子裡，等我恢復健康後就會重新交還給我。我現在躺著養病的地方叫作「施雷米爾之家」。至於為什麼這裡的工作人員每天都會提到彼得．施雷米爾這個名字，是為了要提醒大家，日日要替這間機構的創始者與捐助人祈禱。而我之前在床邊看到的那位和善男子是班德爾，那位美麗的女人則是米娜。

我繼續隱藏自己的身分，待在「施雷米爾之家」安心休養。除此之外，我還打聽到此地原來是班德爾的老家，他以那些曾經帶給我不幸與苦難的金幣，建立了這間以我為名的醫院，目前是這座醫院的負責人。至於米娜，她現在成了寡婦，因為她的丈夫拉斯克捲入了重大刑案被處決，而且害她失去了大部分的財產。她的父母已經離世，現在是上帝最虔誠的信徒，以寡婦的身分在這裡當義工。

某次，她走到了「十二號」的病床旁與班德爾交談，班德爾好奇地問道：「高貴的女士，為什麼您頻頻到這種空氣惡劣的地方來幫忙呢？難道命運對您的殘酷不仁，讓您渴望死亡嗎？」

「不，班德爾閣下，自從那場漫長的惡夢結束之後，我終於找回了自己，我的生活便再度恢復正常，不再盼望、也不再畏懼死亡。從那一刻起，我已能平靜面對過去和未來，難道您現在不是也以犧牲奉獻的心情，服侍著您的主人和朋友嗎？」

「感謝上帝！是的，高貴的女士，我們都曾經有過不可思議的遭遇，都曾經迷迷糊糊地從滿溢的命運酒杯，品嘗各式各樣的幸福與痛苦，現在杯子空了。有人說，過去種種只是排演，只有在我們具備明智的洞察力之後，人生才真的開始。也有人說，活在當下的每一天都是新的開始，不過我希望不要重複少年時的青澀無知。不管如何，我還是很高興走過從前，才能認識我們那位共同的老朋友，我深深相信，他現在一定過著比當初還幸福快樂的日子。」

「我也是這樣相信著。」美麗的寡婦簡短回答後，兩人就慢慢遠離我的病床。

這段談話在我心中留下了深刻的印象，也讓我舉棋不定，我應該表明身分，還是偷偷摸摸從這裡離開？最後我請人拿了紙和筆過來，留給他們兩人幾句話：「你們的老朋友現在過得比當年開心，若是他依舊陷於苦難之中，也是為了要替他人懺悔，求得諒解。」寫完之後，我便迫不及待穿好衣服。我已經完全康復，於是請人拿了床邊衣櫃的鑰匙給我，在裡頭找到我昏迷前所擁有的東西。我穿好衣服，把植物採集筒背在黑色舊大衣的肩上，看見採集筒依舊存放著在北極採集到的地衣，不禁滿心歡喜。我穿好「七哩靴」，把寫好的那張便條放在床上，一打開房門，就走得老遠，人已經在通往埃及底比斯的路上。

我沿著敘利亞海岸，順著當初離開時的同一條路線往居所趕去。突然，我在路上看到我那可憐的「費加洛[3]」迎面跑來。這隻聰明的貴賓犬，想必在家中左等右等，等不到我回去，就跑出來隨著我的蹤跡，試圖找我。我停下腳步，站在原地喊了牠的名字，牠便又跳又叫地撲向我，以大概一千種方式表達再次見到主人的單純喜悅。我隨即把牠抱起來夾在手臂下（否則牠絕對不可能跟上我的腳步），帶著牠回到我們的家。

回到家之後，我發現所有物品跟我離去前一樣，沒有任何改變。隨著體力漸漸恢復，我重啟了之前的研究計畫，整天東南西北跑來跑去，不過這次有整整一年，我都沒有再到那令人無法忍受的嚴寒極地做調查。

3. 譯註：作者夏米索本身也收養了一條名叫費加洛的狗，費加洛這個名字源自於《費加洛的婚禮》（*Le nozze di Figaro*），這部歌劇於一七八四年四月二十七日在巴黎法蘭西劇院首演，當時法國正值大革命前夕，這部喜劇以下犯上、含沙射影的情節，大大諷刺了封建貴族。

親愛的夏米索，至今我仍活得好好的。我的「七哩靴」非常耐穿，起初我很擔心這雙靴子會如同蒂克所寫的《拇指兒的經歷》[4]一樣，每修補一次，靴子能夠行走的距離就會變短，但這雙靴子不管修補幾次都法力依舊，然而我的精力卻漸漸衰退了。唯一讓我欣慰的是在有生之年，透過了「七哩靴」這個寶貝，累積了不少的研究，終有小成。只要是靠這雙靴子能夠走到的地方，凡是有關當地的形態、高度、溫度、大氣的變化、磁力分布、生物圈——特別是植物界，我都有了基本的認識。在以下幾本著作裡，我盡量以忠實詳盡的方式，有條不紊地列出調查到的數據與資料，並且在幾本論文裡發表了我的結論與看法。我勘察測定了非洲內陸、北極圈諸國，以及歐亞大陸內部和亞洲東海岸的地形，我完成了《南北半球植物史》，作為拙作《全球植物概論》的重要篇章，以及《全球生態系簡介》的一部分。綜合上述三本著作，我相信自己將全球已知的植物種類數目，增加了三分之一以上，也替瞭解全球生態以及植物地理學做出若干貢獻。目前我忙著進行動物學方面的研究工作，並且設法在離世前把手稿交給柏林大學。

至於你，親愛的夏米索，我選定了你作為這部奇遇記的保管者。在我與世長辭之後，或許世人可以從書中汲取一些教訓。而你——我親愛的朋友——只要你無法遠離人類文明的一天，首先最應該學會的就是珍惜自己的影子，然後再想辦法累積財富。但是如果你想為自己和更好的自我而活，喔！那麼你就不需要任何勸告了。

---

4. 譯註：《拇指兒的經歷》（*De rebus gestis Pollicilli*）：作家約翰·路德維希·蒂克（Johann Ludwig Tieck, 1773–1853）所創作的童話，故事中的「七哩靴」每修補一次，能行走的距離就少一哩。

富凱寫給阿德爾伯特・馮・夏米索的詩句

如今法蘭克人與德意志人交鋒，
人人胸中升起高貴的勇氣，
手中揮動威猛的寶劍，
戰鬥如野火一般蔓延。
我們在荒涼的高原相逢，
我們在純淨的火焰中得到昇華，

向你，我正直而忠實的知己，
也向把我們凝聚在一起的事物致敬。

富凱，一八一三年

作者阿德爾伯特・馮・夏米索生平記事[1]

一七八一年一月三十日	夏米索出生自法國香檳地區的一個貴族家庭，原名為路易・查爾斯・阿得雷德・德・夏米索（Louis Charles Adélaïde de Chamissot de Boncourt），之後自行改名為阿德爾伯特・馮・夏米索。
一七八九年七月十四日	法國大革命爆發，夏米索的父親是當時保皇黨的貴族，所以全家離開法國避難。

1. 資料來源：Adelbert von Chamisso. Peter Schlemihls wundersame Geschichte. Reclam XL. Text und Kontext. Herausgegeben von Florian Gräfe. 2021. ISBN: 9783150194393.

一七九〇年—一七九六年	夏米索隨著父母流亡國外多年，先後待在比利時、荷蘭及德國的杜塞道夫、符茲堡和拜魯特等地，童年在不斷更換城市與居所中度過。
一七九六年	夏米索的父親透過關係認識了住在柏林的法國人社群，為他取得了普魯士公國王后侍從的職位。王后甚至將當時十五歲的夏米索送到柏林法國中學讀書。
一七九八年	將滿十七歲的夏米索加入了普魯士公國的軍隊。雖然平時參與軍隊的例行公事，但更多時間用來閱讀法文和德文的文學著作。
一八〇一年	夏米索晉升為陸軍中尉。儘管拿破崙對逃難的法國貴族發出大赦令，夏米索仍舊留在柏林。夏米索共有六個兄弟，除了夏米索和另一位兄弟，全家再度搬回法國。

一八〇三年——夏米索認識了許多當時德國文壇的才子，並且創立了文學社。

一八〇五年

一八〇六年——拿破崙橫掃歐洲，夏米索在哈梅恩戰役中作為「普魯士」戰俘被俘擄後又被釋放。

一八七〇年——夏米索再度回到柏林，沒有固定工作並得了憂鬱症。

一八一〇年

一八一〇年——夏米索搬回法國，認識法國沙龍的名媛，跟著到瑞士日內瓦湖邊居住。

一八一一年

一八一二年——再度回到柏林，並且進入柏林洪堡大學（Humboldt-Universität zu Berlin，HU Berlin）就讀醫學與植物研究。

一八一三年	普魯士與法國再次交戰，夏米索再也不想替任何一方戰鬥，於是辭去了軍官的職位，隱居在鄉間朋友的別墅中休養。這一年，他寫下了許多有關植物方面的研究，以及本書。
一八一四年	夏米索的好友富凱發行本書。
一八一五年－一八一八年	夏米索以自然學者的身分參加了俄羅斯探險隊的環球航行。這場航行橫跨大西洋，途經南美洲、北美洲、阿拉斯加、夏威夷、菲律賓及南太平洋的玻里尼西亞群島，再穿過印度洋，繞過非洲最南端，最終回到歐洲。
一八一九年	三十八歲的夏米索與安東妮・皮雅施（Antonie Piaste）結婚，並受僱於柏林植物園，育有七子。在此之前他的生

	活重心便已放在撰寫學術文章、文學作品以及社會批判的詩歌。
一八二一年	出版《探索之旅的評論與觀點》（*Bemerkungen und Ansichten einer Entdeckungsreise*），記述他的環球探險見聞。
一八三六年	出版環球航行日記《環遊世界一八一五－一八一八》（*Reise um die Welt in den Jahren 1815–1818*）。
一八三七年	出版《關於夏威夷語的文法與研究》（*Über die Hawaiische Sprache*）。
一八三八年	夏米索退休，於八月二十一日因支氣管炎去世，得年五十七歲。

譯後記

跨時空的對話

翻譯這本書的起源，僅僅是因為總編輯詢問翻譯意願時，查到本書作者既喜愛文學，又是植物學家，便想都沒想就答應了。

誰知道，當聽完整本的有聲書又有點後悔了，因為書中主角施雷米爾很像男版的林黛玉，整天哭啊哭、傷春悲秋的，與我本身性格天差地遠，很擔心翻不好，但是既然答應了，只好硬著頭皮翻下去。

看完了德文版第一章，雖然每個字都看懂了，卻根本不知道故事在講什麼，這才發現此書是一八一四年出版的德文作品，而寫書的還是個十五歲才開始學德文、逃難到普魯士的法國貴族。開始翻譯之後，發現如果忠實的直譯，對讀者的中文理解力要求非常高，只好開始大量閱讀此書寫作的歷史背景，希望能譯得更明暢。

作者一七八一年生於法國的香檳地區，是身為貴族的特權階級，能識字、算術、閱讀，具有承擔公共事務的義務與對國王盡忠的責任。世代相傳的莊園行政管理職務，使他無需工作便能倚靠祖產維生。一七八九年發生了法國大革命，作者全家逃到還未統一的德國。當時的中歐地區雖然還稱為神聖羅馬帝國，但既不神聖，也不在羅馬，而且從來都不是一個帝國，事實上就是號稱有「三百六十五個大小公國」的封建領域，那時的歐洲人都開玩笑，神聖羅馬帝國有名無實的國王，必須一天巡視一個小公國才能一年走完全境，情況有點像秦朝統一中國前的春秋戰國時代。在這裡停一下，我們倒回十七世紀的歐洲，法國自路易十四統治後，國力傲視全歐，從十七到十八世紀，可說是歐洲第一強國，以政治、經濟、軍事實力稱霸全歐洲，連帶也成為文化領頭羊，那時歐洲貴族都必須學習法語，不然就落了流行，被認為屬於粗鄙之流。

再補充一點，歐洲貴族的階級認同遠高於國族認同，例如英國女皇的祖先有很多都是來自當時的漢諾威公國，或是德國的貴族也會有法國和西班牙王位的繼承權，只要是透過聯姻牽起來就有合法性。現在回到本書的作者，法國大革命後，作者全家逃往中歐，先在現今德國南部流浪，最終在柏林落腳，因為柏林那時跟中國的唐朝一樣，不管種族、信仰，這座城市統統照單全收，作者父親找到因為宗教信仰不同而流亡到柏林的法國群體。作者從全歐第一強國，來到普魯士公國的首都（當時德國還沒統一，普魯士大公國占有現在德國北部和波蘭北部領地），發現普魯士公國的教育並非貴族的特權。此地從一七六二年就開始一步步實施國民教育，召募來的士兵的識字率有時達到了百分之九十，而其他歐洲國家召募到的士兵，五個裡面才有一個識字的，教育普及、政治開明、文化多元，以及給予富有的猶太人幾乎平等的權利，在作者眼裡看到的是一個蒸蒸日上的公國，而法國卻因為革命開啟了長達十年的血腥殺戮。

於是作者選擇當一個普魯士軍官，但是法國裔的普魯士軍官怎麼帶領普魯士的軍人對抗法國呢？他試過了、戰敗了、被俘虜了，我難以想像他的心情，當普法兩國在一八一三年再次宣戰，他願意灑熱血，但普魯士卻不想要法國的熱血，就在此時，作者寫了這場奇幻之旅。

作者那時才三十出頭，可能還不清楚什麼是身分認同、什麼是撕裂，他只是一五一十地將感受描述出來，因此能感動許多讀者。不過，他的撕裂不僅是國族認同，還包括經濟上的撕裂。在法國，貴族屬於特權階級，從來不需要為錢煩惱，直到當了政治難民，見到普魯士的平民、商人、法官、少數民族，即使沒有高貴的血統，卻因為雄厚的資產與知識、技術，而處處受人尊敬。他從來沒有學過要怎麼透過「工作」致富，因為在貴族圈工作是不被允許的，也是會被恥笑的。如今換了個國家，眼睜睜看著資產階級崛起，自己卻只能流連於貴族圈談論文學、詩歌與自然科學。

另外，對照作者的生平，那個年代的貴族男子鮮少拖到三十八歲才結婚，此外還與一整船的男性參與了為期三年的環遊世界，以現代的眼光來看，不得不有另一種想法，這會不會又是他的另一種撕裂？

我從一開始的偏見，認為自身性格與作者零連結，應該會翻得痛苦萬分。誰知隨著情節一章接一章翻下去，開始與作者進行跨時空的對話。本書採用了書信體的形式，這讓我聯想到在作者創作時期，德語文化圈最受推崇的書信體小說正是《少年維特的煩惱》。我特地找了那本書的原文來看，德文優美順暢，隱含的社會批判鏗鏘有力，書裡的主人翁雖然富有，但是礙於封建社會的階級限制，維特喜愛的貴族女子最終還是選擇嫁給了貴族。此時突然明白作者的心思，夏米索是否在潛意識中也渴望這樣的文學身分和地位，才選擇也採用書信體創作？可是，非母語就是非母語，此書原文用字遣辭掌握不住「入山不必太深，下筆不必太濃」的原則。

這點讓我倒是心有戚戚焉，旅居德國近二十年，即使以德文念了學位，平常講德語、在德國公司上班，甚至做夢都用德語了，但德語就是沒有中文那樣得心應手。我認為用母語創作和非母語創作最大的差別，就是在「恰到好處」四個字，使用非母語創作時，總是有點太過，或是太平淡，分寸總是拿捏不好，而文學創作最講究就是用字的精準度。

領悟到這點，我就如同鑽進作者的靈魂裡，有時候在還沒看德文原文所寫下來的譯文，竟然與作者寫得差不多，彷彿親身體驗到作者的苦惱與掙扎，以及用德文創作的猶豫與遺憾。經過這一番溝通，下筆便更用心，中文是我的母語，寫下譯文時不斷與夏米索對話：你寫不出來的，我希望能幫你寫出來。無論如何，對作者的佩服依然有如滔滔江水，連綿不絕。夏米索居然願意用非母語創作文學小說，非常勇敢！我到現在也只敢用德文寫學術報告和電子郵件而已。

然而，翻譯此書最困難的一點，也是在選字用詞。這是一本德文的「古代」小說，但是此書的目標讀者已是現代人。該用古典文學風格來翻這本書，還是要用現代用語呢？選了現代淺白易懂的用語，擔心失去作者創作時那種菁英特權的氛圍；寫難了，又怕太矯情。不過這也是譯書有趣的一點，整天就在到底要譯成梁朝偉演古裝劇的等級，還是八點檔鄉土劇的煽情中為難苦惱，這真是文青式的煩惱啊！

閱畢此書，讀者想必早已發現，博物學家亞歷山大．馮．洪堡是作者的男神，世界上的事情就是這麼巧，他也是我的偶像。不過作者羨慕他的部分，除了洪堡是血統純正的德國貴族外，還包括他父母留給洪堡兩兄弟豐厚的遺產，讓洪堡能夠不斷進行花費高昂的探險。這點我也很羨慕，所以翻起來特別能體會作者的心情。

再來，講講大概每個人看完這本書都會問的問題，影子到底是什麼呢？我在此分享閱讀心得：影子不是一個概念或物品，而是要看每個章節的上下文，當作者寫到影子時，是在講什麼樣的故事。例如第一章到第二章中，有人願意以取之不盡的財富交換主角的影子，若將場景轉換成作者的生平，一名長相俊美的貧苦法國貴族難民，究竟要付出什麼代價才能夠讓生活無憂呢？付出這樣的代價後，為什麼會讓主人翁見不得人呢？那個時代的有錢人，不外乎是靠祖產的貴族，不然就是經商致富的少數民族，或是以技術累積資產的平民發明家。按此邏輯推敲，大致可以猜出不同章節中，影子所代表的不同意義。

第二個最常被問到的問題，大概就是為什麼故事裡的人總能一眼發現主人翁沒有影子。這點我覺得這是「感受」的時間，不是真實的時間。作者身為法國人，並沒有在所有的場合「立刻」被發現是法國人，只是他太想當普魯士人了，所以在社交場合總是「感覺」自己立刻被發現不是普魯士人，我推測這點只是他的太過刻意罷了！

第三，這本書臺灣讀者會有興趣嗎？臺灣是一個移民島嶼，有些人先到，有些人晚到，有些人自願留下來，有些人不准走。難道臺灣目前所有的紛爭，不是因為身分認同的混亂嗎？經典文學為何經典？因為文學寫的就是人性，只要有人的地方就有身分認同的問題。

最後，要感謝幫我搜集資料的高中同學琬琳、大學同學碩容，以及願意給我機會的總編輯、編印團隊、畢方文化出版社，希望在如此用心的團隊合作下，讀者能享受一場美好的閱讀之旅。

漢堡，二〇二四年九月

鏡穎

國家圖書館出版品預行編目（CIP）資料

彼得・施雷米爾的奇幻之旅／阿德爾伯特・馮・夏米索（Adelbert von Chamisso）著；曾鏡穎譯. -- 初版. -- 新北市：畢方文化有限公司, 2024.12
208 面；14.8×21 公分（Zeit）
譯自：Peter Schlemihls wundersame Geschichte

ISBN 978-626-98769-7-6（平裝）

875.57　　113015272

ZEIT

彼得・施雷米爾的奇幻之旅

Peter Schlemihls wundersame Geschichte

作　　者　阿德爾伯特・馮・夏米索（Adelbert von Chamisso）
譯　　者　曾鏡穎
責任編輯　翁靜如、徐鉞
版　　權　翁靜如
封面設計　萬勝安
內頁設計　黃淑華

出版發行　畢方文化有限公司
235603 新北市中和區建一路 176 號 12 樓之 1
電話：（02）2226-3070 #535
傳真：（02）2226-0198 #535
E-mail：befunlc@gmail.com

I S B N　978-626-98769-7-6
初　　版　2024 年 12 月
印 刷 廠　鴻霖印刷傳媒股份有限公司
定　　價　新台幣 360 元